*Gewidmet jenen Menschen,
die die Frage nach dem Glück im Leben stellen
und dabei nach der Liebe suchen.*

*Vor allem aber danach
was Liebe wirklich sein könnte.*

Der Titel „*Glück's Philosophie*" müsste orthographisch richtig „*Glücks Philosophie*" heißen. Im Sinne der künstlerischen Freiheit wählte der Autor für den Titel die englische Schreibweise. Einfach, weil der Titel für ihn so schöner und interessanter aussieht.

Bob der AHA
Glück's Philosophie
Das Werk ist urheberrechtlich geschützt.
Alle Rechte vorbehalten.
© Ideen.werkstatt Verlag, 2023
Lektorat Sarah Sadian
Spittal an der Drau; Titelbild: Grafik von BoD,
Zeichnungen auf Seite 85 und 86 vom Autor selbst
Herstellung und Verlag: BoD – Books on Demand,
Norderstedt

ISBN: 978-3-757892-18-0

Wer sein Verschwinden erklären kann,
wird ihm folgen.
Wer sein Verschwinden nicht erklären kann,
wird ihm auch folgen.

Das Höchste aber ist die Liebe.
Sie führt immer zum Ziel.

Inhalt

Die Sonne im Herzen

Teil 2
In der Villa am Meer etwas später

I
Die Lebensphilosophie von J. S. Glück

II
Die Lebensphilosophie von J. S. Glück

Wider die Sachzwänge unserer Zeit

III
Dialog über das Leben – 1. Teil

Dialog über das Leben – 2. Teil

Die Relativierung der Fundamentalerkenntnis

Teil 3
In der Villa am Meer ist die Lösung in Sicht

Letzte Reflexion

Nachwort zur 5. Auflage

Teil 1

In der Villa am Meer

Es klirrte eine Scheibe. Der Wind hatte ein Fenster oder eine Tür zugeworfen. Der Regen prasselte gegen das Dach, und der Sturm heulte.

Eine kleine, zierliche ältere Frau rannte aufgeregt die Treppen hinauf in den oberen Stock der kleinen Villa am Meer und schloss alle Fensterbalken. Draußen donnerte und blitzte es. Ein Sturm heulte um das Haus, doch nachdem die Fenster geschlossen waren, wurde es ruhig. Es schien als habe die Frau die düstere graue Welt mitsamt dem ungestümen Sturm hinaus verbannt – wie den unerwünschten Gedanken an etwas Vergangenes.

Sie ging durch die Bibliothek des Hauses. Am Boden lag eine hölzerne Schildkröte, die der Wind wohl vom Regal gestoßen hatte, als die Fenster noch offen waren. Plötzlich erinnerte sich die Frau, wie Sebastian diese Schildkröte einst für seine Sammlung von Kuriositäten aus dem Kongo mitgebracht hatte, vor etlichen Jahrzehnten. Er hatte mit ihr zaubern können, verrückte Dinge angestellt, und es schien oft als lebe sein Geist in ihr. An genau dieser Schildkröte hatte Sebastian vor vielen Jahren demonstriert, wie der Geist die Materie beeinflussen kann. Aber das hatte Amalie gänzlich vergessen.

Drei Tage vor seinem Verschwinden hatte Sebastian ihr die kleine Skulptur in die Hand gedrückt und gesagt: „Pass auf sie auf! *Sie wird dir irgendwann ein Geheimnis verraten*, aber auf jeden Fall wird sie dich immer an mich erinnern." Zum ersten Mal bemerkte Amalie, dass auf der Schildkröte etwas geschrieben stand. In verschmierten Buchstaben war darauf zu lesen: „Tartaruga". Aufmerksam las sie das Wort. Tartaruga ist italienisch und bedeutet Schildkröte. Ein Scherz?

Sie nahm die hölzerne Schildkröte und stellte sie auf den Teetisch im Salon neben der Hausbibliothek. Plötzlich läutete es an der Tür. Sie rannte die Treppe hinunter, um zu öffnen. Das musste Professor Gregorius sein; sie erwartete ihn zum Tee.

Grau melierte Schläfen täuschten beinahe über den spärlichen Haarwuchs auf Professor Gregorius' Haupt hinweg. Eine Nickelbrille untermalte seine akademische Kompetenz. Während er eintrat, drückte der Wind die Haustür heftig nach innen. Es blitzte und krachte, und Amalie wich erschrocken zurück: „Treten Sie ein, Professor! Sie bringen ja den Weltuntergang mit!"
„Keineswegs, gnädige Frau! Das Wetter mag zwar grauenhaft sein, aber Donner und Blitz sind ein guter Einstieg für diesen Abend", sagte der Professor. Er zog

seinen Mantel aus, hängte ihn auf einen Bügel in der Garderobe und stellte seinen Regenschirm ab. Dann folgte er Amalie in den Salon des Hauses in den oberen Stock.

Amalies Haare wiesen bereits einige weiße Strähnen auf. Trotz der Lebenserfahrung hatte ihr Gesicht jedoch etwas Jugendliches, Zartes bewahrt. Und obwohl ihr Mann, Johann Sebastian Glück, erst vor drei Monaten spurlos verschwunden war, strahlte sie eine gewisse Ruhe und Gelassenheit aus.

Amalie brachte Tee und Kuchen. Der Professor hatte sich bereits in einen der alten Polstersessel gesetzt. Amalie setzte sich ihm gegenüber in den zweiten, und sie begannen zu plaudern. „Sebastian saß auch immer gerne da, wo sie jetzt sitzen!", sagte Amalie.

„Oh!", räusperte sich der Professor. „Sie verzeihen!"
„Ach, keine Ursache! – Ich habe mich schon damit abgefunden, dass er nicht mehr bei mir ist!"

„Sie können sich denken, warum ich mit Ihnen reden muss?"

„Nicht genau! Aber ich nehme an, sie möchten etwas über Sebastian erfahren!", antwortete Amalie, indem sie etwas abwesend den Professor anschaute.

„Sie sagen es. Sie wissen, Sebastian hat in unserem Institut eine umfangreiche Dokumentation seiner wissenschaftlichen Arbeiten hinterlassen. Dabei ist mir durch Zufall eine sehr komplexe mathematische Berechnung in die Hände gefallen. Ich habe lange über diese Berechnung nachgedacht, bin jedoch zu keinem Ergebnis gekommen. Es wäre leichtfertig zu sagen, diese Ableitung, dieser scheinbar mathematische Beweis sei ein Jux von ihm. Das Ergebnis dieser Berechnung ist zweifelsohne ein Scherz, aber ich trage einen intuitiven, nicht erklärbaren Zweifel in mir, und ich vermute, die Lösung dieser seiner Ausführungen liegt irgendwo in seinem Leben begründet. Und darüber möchte ich mit ihnen sprechen, vielleicht können sie mir einen Hinweis geben!"

Amalie trank einen Schluck Tee. Sie sinnierte vor sich hin. Es schien als liefe ein Film vor ihren Augen ab. Schließlich schenkte sie ihre Aufmerksamkeit erneut dem Professor.

„Vielleicht", sagte sie schließlich zögernd, „vielleicht helfen mir ihre Fragen ebenfalls, einige offene Fragen zu beantworten – Fragen, die mir Sebastian hinterlassen hat, die er noch aufgeworfen hatte, bevor er verschwand... Er war einfach verschwunden, von einem Tag auf den anderen, unerklärlich!"

„Das ist es ja auch, was mich beschäftigt", sagte der Professor. „Sie wissen, ich bin Physiker, ich bin seit Kurzem im Ruhestand und ich habe mich zeitlebens mit der Quantenphysik und dem Verhältnis der atomaren Ideenwelt zur Wirklichkeit beschäftigt. Und dann bekam ich eines Tages die Arbeiten von Johann Sebastian Glück in die Hände. Er war einem Geheimnis auf der Spur. Er wusste als Wissenschaftler mehr als seine Kollegen ahnten. Er hatte den Ruf, ein bisschen verrückt zu sein; manche betrachteten ihn sogar als ausgesprochenen Spinner. Ich glaube, er legte sogar Wert darauf, dass seine Erkenntnisse gar nicht an die Öffentlichkeit kamen."

„Das kann ich mir vorstellen!" Amalie lachte. „Sebastian Glück war keine schillernde Erscheinung im alltäglichen Leben. Es gab keine millionenschweren Auflagen seiner Werke und Artikel in irgendwelchen Medien. Er konnte nicht mithalten mit den Stars dieser Welt. Im Gegenteil, es war nicht einmal abzusehen, ob er überhaupt jemals zu irgendeiner Bedeutung gelangen würde, bis er spurlos verschwand. Aber gerade deswegen ist er mir so lieb gewesen. ‚Stars', sagte er immer, ‚sind nämlich auch sterblich. Sie sterben so wie wir Menschen dann endgültig, wenn sie in Vergessenheit geraten. Das große Geld des Kommerz sichert ihnen das Überleben in den Köpfen der Menschen, und nur wenige aus unserer frühen Kindheit bleiben uns in Erinnerung.' Johann Sebastian Glück war ein Mensch wie du und ich. Er war bedeutungslos, wie er selbst sagte, bis er verschwand."

Amalie hielt inne. Ihr Blick streifte durch das Zimmer und blieb auf dem kleinen Teetisch neben der Bibliothek haften. Sie betrachtete kurz die kleine hölzerne Schildkröte, die sie dorthin gestellt hatte, nachdem sie aus dem Regal gefallen war. Irgendetwas war anders an dem hölzernen Gegenstand. Amalie stand auf und ging zu dem Tischchen, um die Schildkröte zu holen.

Die Schildkröte stand schief, weil ein Holzbein gebrochen war, vermutlich durch den Fall vom Regal. Amalie hob sie auf und sagte zum Professor: „Diese Schildkröte war ein Geschenk von Sebastian. Er gab sie mir drei Tage bevor er verschwand. Er sagte, ich solle auf sie achtgeben, diese hölzerne Schildkröte stamme aus dem Kongo, sie sei von eines Menschen Hand gemacht worden. Er schenke sie mir als ein Zeichen der Erinnerung. *Sie berge ein Geheimnis in sich, und eines Tages würde ich es verstehen.*"

Amalie nahm die Schildkröte und überreichte sie dem Professor, bevor sie sich wieder zu ihm setzte. Er untersuchte die merkwürdige Kreatur mit neugierigen Augen.

„Tartaruga", sagte er, „das ist doch italienisch!"

„Ja, Tartaruga heißt Schildkröte, aber für mich und Se-

11

bastian bedeutete dieses Wort mehr, es bedeutete soviel wie ‚Ich liebe dich!'!"

Plötzlich rief der Professor ganz aufgeregt: „Was ist das? Schauen Sie, hier fehlt ein Bein!" - „Ja, der Sturm hatte die Schildkröte vom Regal geworfen, das Bein dürfte dabei zerbrochen sein", erklärte Amalie.

Aber der Professor meinte etwas anderes. „Schauen Sie doch, diese Schildkröte ist innen hohl. Man sieht das am zerbrochenen Bein!" Er schüttelte die Holzfigur, und man hörte tatsächlich, dass sich im Inneren etwas bewegte.

„Was kann das sein?", fragte Amalie neugierig und erstaunt zugleich.

Der Professor betrachtete die Schildkröte und entdeckte einen Mechanismus. Unter dem Wort Tartaruga war geschickt eine Klappe versteckt, sodass man den Panzer der Schildkröte öffnen konnte. Der Professor spielte mit dieser Klappe, bis sie schließlich aufsprang. Im Inneren der Schildkröte wurde plötzlich ein Zettel sichtbar. Der Professor holte ihn vorsichtig heraus.

Amalie war aufgeregt und nervös. Gemeinsam strichen sie das Stück Papier glatt und lasen die Botschaft: „Eines Tages wird dieser Zettel jemandem in die Hände fallen, vielleicht sogar dir, Amalie. *Wer mein Verschwinden erklären kann, wird mir folgen. Wer mein Verschwinden nicht erklären kann, wird mir auch folgen. Das Höchste aber ist die Liebe. Sie führt immer zum Ziel!"*

Amalie nahm die Botschaft noch einmal in die Hand und betrachtete die Schrift. Es war eindeutig Sebastians.

„Kryptische Zeilen!", meinte der Professor. „Kann es sein, dass ihr Mann ein Scherzbold war?"

„Das mag sein! Aber ich traue ihm einfach nicht zu, dass er aus Jux verschwindet, um Scherzzettel in hölzernen Schildkröten zu hinterlassen!"

„Ich glaube das auch nicht", sagte der Professor, „wann haben sie ihren Mann das letzte Mal gesehen?"

„Es war genau vor drei Monaten. Er ging morgens zur Arbeit wie sonst, aber er kam nicht mehr heim! Die weitere Geschichte kennen sie ja. Die Polizei konnte keine Spur von ihm entdecken. Es gab keine Indizien für eine Entführung oder einen Mord. Es gibt einfach keinen Grund für sein Verschwinden. Ich kann mir das alles nicht erklären!", sagte Amalie, sichtlich verstört durch all diese seltsamen Umstände. Der Professor zog einige Unterlagen aus einer Mappe und legte sie auf den Tisch.

„Schauen Sie, diese Arbeiten habe ich durchgesehen. Ihr

Mann war zweifelsohne ein kleiner Scherzbold. Auch an seinen wissenschaftlichen Arbeiten erkennt man das. Aber ich sehe auch, dass er in seinem Leben einem bestimmten Gedanken auf der Spur war. Ich kenne diesen Gedanken nicht. Aber vielleicht wird uns gerade das, was sie mir erzählen können, einen Hinweis darauf geben, warum und vor allem wohin Sebastian verschwunden ist", sagte der Professor zu Amalie und fügte hinzu: „Sagt ihnen der Begriff ‚Fundamentalerkenntnis' etwas?"

„Fundamentalerkenntnis?", fragte Amalie. „Sebastian hat, bevor er verschwand, oft davon gesprochen, aber ich habe das immer für einen Scherz gehalten. Wissenschaft und Unterhaltung konnte er vortrefflich miteinander verschmelzen! Wenn ich so nachdenke, dann hat er sein ganzes Leben lang ständig von Fundamentalerkenntnis geredet."

„Ich möchte gerne wissen, wer Johann Sebastian Glück war. Was wollte er und worum kreiste sein geistiges Lebenswerk? Amalie, sie müssen mir alles erzählen. Es geht meiner Meinung nach nicht nur darum, sein Verschwinden zu erklären. Es geht vielmehr um eine wirklich bahnbrechende Erkenntnis, die in diesem Jahrtausend zu einer völligen Veränderung des menschlichen Daseins führen könnte. Sie müssen mir alles erzählen! Ich bin aufgrund seiner Arbeiten auf eine Spur gestoßen, die das Größte und Seltsamste überhaupt ist!" Amalie war fast erschrocken. Was hatte sich Sebastian wohl nur in seinem Gehirn ausgedacht? Alles erschien ihr nun noch mysteriöser als vor drei Monaten. Sie schien gefasst, aber sie war es nicht.

Um das Verschwinden von Johann Sebastian Glück zu verstehen und um eine Ahnung über seine Fundamentalerkenntnis zu erlangen, vor allem aber, um das Ausmaß dieser Erkenntnis für die gesamte Menschheit zu beschreiben, ist es notwendig, einige Erlebnisse, einige Gespräche mit Amalie und einiges über seine Persönlichkeit zu erzählen. Kehren wir daher zurück ans Meer, Sebastians Lieblingsaufenthalt, und versuchen wir zu verstehen.

I
Von der Bedeutung
und der Bedeutungslosigkeit
des Seins

Johann Sebastian Glück saß am Meer und dachte über die Bedeutung und die Bedeutungslosigkeit des Seins nach. Er betrachtete den mit Hotels verbauten Meeresstrand und blickte hinaus auf das Meer, welches gerade von zahlreichen Schiffen durchkreuzt wurde. Eines der Schiffe zog seine Bahn so, dass es aussah, als würde es an der Horizontlinie entlangfahren. „Diese Meerestouristiker!", seufzte Johann Sebastian Glück. „Sie überlassen auch nichts dem Zufall. Sogar die Horizontlinie des Meeres wird in bestimmten Abständen frisch gestrichen."

Die Horizontlinie faszinierte Johann Sebastian Glück, und da schoss ihm auch schon ein Gedanke: Die Erde sieht ja wirklich aus wie eine Scheibe. Sebastian stellte sich vor, wie das Wasser am Rand der Horizontlinie herunterplätscherte und der Strand immer mehr verbaut und überlaufen würde, denn man müsste die Menschen auf engstem Küstenraum zusammenpferchen. Keiner könnte mehr auf neu zu entdeckende Kontinente ausweichen. Johann Sebastian Glück beobachtete die Sonne, wie sie am Horizont ihre Bahn zog und dachte daran, dass man ja wirklich nicht so leicht verstehen konnte, dass es die Erde war, die um die Sonne kreiste. Schließlich ging die

Sonne täglich früh auf, wanderte zu ihrem Zenit über den Himmel und von da zu ihrem abendlichen Untergang, und das wohl schon seit ewigen Zeiten. Sebastian Glück dachte an Giordano Bruno, jenen Mann, der als einer der ersten erkannt hatte, dass es die Erde war und nicht die Sonne, die sich drehte. Dummerweise stellte er mit seiner Erkenntnis das klerikale Weltbild in Frage, und seine Beweise wurden nicht verstanden. Dafür wurde er auf dem Scheiterhaufen verbrannt. Er hat sein Leben für die Wahrheit geopfert und wurde so zu einem Symbol für freies, unzensuriertes Denken und für den Sieg des wissenschaftlichen Weltbildes über die klerikale Deutung dieser Welt. Giordano Brunos Leben hatte zwar für ihn an Dauer verloren, für die Nachwelt erlangte er jedoch große Bedeutung. Er ist bis heute nicht in Vergessenheit geraten. Giordano Brunos Tod, seine Symbolkraft bis zum heutigen Tag, war für Johann Sebastian Glück das Beispiel, an dem er seine Erkenntnisse über die Bedeutungslosigkeit unseres Daseins erläutern konnte.

„Ich wünsche mir ein bedeutungsloses Leben!", sagte Johann Sebastian Glück zu seiner Frau Amalie.

„Warum das?", fragte Amalie erstaunt.

„Weil es ein größeres Privileg ist, bedeutungslos zu bleiben als so wie Giordano Bruno große Berühmtheit zu erlangen, um der Nachwelt als Symbol zu dienen!", sagte

Johann Sebastian Glück. Seine Frau wusste nun, dass er jetzt wieder einen seiner philosophischen Gedanken spinnen würde.

„Es gibt zwei Arten von Bedeutungslosigkeit: die kosmische und die irdisch-menschliche. In kosmischen Dimensionen betrachtet sind wir alle bedeutungslos. In den Milliarden von Jahren und in den unendlichen Weiten des Weltalls sind wir ein unbedeutendes Nichts. Daher spreche ich von der irdisch-menschlichen Bedeutungslosigkeit, für die der Zeitraum unseres Lebens Maßstab ist. Giordano Bruno hat seine überragende Bedeutung erst viele Jahrzehnte nach seinem Tod erlangt. Seine letzte Entscheidung hat ihn bis heute davor bewahrt, in Vergessenheit zu geraten. In fünf bis zehn Millionen Jahren wird die Sache womöglich anders aussehen, denn wer weiß, ob sich dann noch jemand an den Planeten Erde erinnern wird. Kosmisch betrachtet sind wir alle nichts!"

„Ich stimme dir zu", sagte Amalie bereits etwas gelassener, „aber deine Aussage klingt wie eine Binsenweisheit, und Binsenweisheiten kennt jeder."

„Eben nicht!", entgegnete Johann Sebastian. „Wenn das so wäre, warum ziehen die meisten Menschen daraus keine Konsequenzen? Stattdessen konzentrieren sie sich beharrlich auf das offensichtlich Unwichtige: Geld,

Macht und Ansehen. Sie tun als würden sie für immer leben. Und wenn dann schließlich das Ende naht und sie im Sterben liegen, verstehen sie nicht, wieso denn das schon alles war." Und er fuhr fort: „Pass auf, die irdisch-menschliche Bedeutungslosigkeit ist für uns die interessantere. Hätte Giordano Bruno sich mit dem Klerus nicht angelegt, hätte er seine Erkenntnisse für sich behalten. Er hätte vielleicht zehn, zwanzig, vielleicht noch dreißig Jahre gelebt und wäre so wie Tausende seiner Zeitgenossen völlig bedeutungslos gestorben. Ein anderer wäre als Symbolfigur verbrannt worden, um der Geschichte Genüge zu leisten. Verstehst du nun, warum ich lieber bedeutungslos bleiben möchte?"

Amalie nickte. Sie umarmte Johann Sebastian Glück und drückte ihm einen Kuss auf seine markante Nase. „Wir beide", sagte Amalie, „sind sowohl kosmisch betrachtet als auch in der irdisch-menschlichen Dimension völlig bedeutungslos, und dennoch haben wir eine dritte Art der Bedeutungslosigkeit nicht erreicht." Johann Sebastian spitzte die Ohren. Er schaute seine Amalie überrascht an. Jene fuhr fort: *„Für die Welt sind wir bedeutungslos. Dennoch bedeute ich dir und bedeutest du mir etwas, das man nicht zählen und nicht messen kann, das man jedoch mit dem Herzen fühlt!"*

Johann Sebastian Glück nahm seine Amalie bei der Hand, und sie spazierten den Strand entlang. Die Kinder hatten in der Zwischenzeit den Strand umgeackert und vergnügten sich im Meer. Plötzlich kamen Dilbert, Johanns und Amalies Sohn, gerannt, gefolgt von seiner Schwester. Er drängte sich zu seinem Vater: „Du, Papa, warum ist die Erde eigentlich eine Kugel?"

Johann Sebastian Glück war erstaunt über die Frage seines Sohnes. Er dachte nach, betrachtete den grässlich verbauten Meeresstrand und schaute die zahlreichen Schiffe an, die noch immer das Meer durchkreuzten. Schließlich meinte er: „Die Erde ist sicher deshalb eine Kugel, weil sie den Menschen als Spielball dienen soll, und Spielbälle sind nun einmal rund!"

Die Antwort gefiel den Kindern, und die beiden Erwachsenen wurden gewahr, dass sie auch in ihren Kindern zwei Menschen gefunden hatten, die ihnen etwas bedeuteten und denen sie etwas bedeuteten.

Die Überwindung der Einsamkeit
und die Suche nach dem Zweck

Johann Sebastian Glück blickte in jenen Tagen, als er mit seiner Frau und seinen Kindern einen seiner ersten Sommerurlaube verbrachte, zurück bis an seinen eigenen Ursprung. Das Meer hat es so an sich, die Menschen nachdenklich zu machen. Das Blau des Himmels und des Wassers, das Wellenspiel und die Brandung, der weite Horizont – kurz gesagt, das Meer ist eben ein Mythos, wenngleich die Marktforschungsergebnisse andere Gründe zu Tage bringen, warum die Menschen ans Meer fahren, um Urlaub zu machen. Dass sie dort nachdenklich werden, ist statistisch nicht relevant, was auch der Grund dafür sein dürfte, dass es keine Ferienangebote unter dem Motto „Nachdenken am Meer" gibt.

Johann Sebastian Glück war bereits als Kind ein Träumer mit der Veranlagung, die Zeit mit Nachdenken zu verbringen. Weil er erst sehr spät anfing zu sprechen, bezeichnete man ihn schon damals scherzhaft als „Denker". Er liebte die Träume, denn die Wirklichkeit verschaffte ihm Unbehagen. Da gab es so viele Dinge in seiner Kindheit, die er nicht wollte, ja, die ihm zutiefst zuwiderliefen.

„An seine eigene Geburt kann man sich nicht erinnern. Ich jedenfalls nicht!", sagte J. S. Glück zu Amalie.

„Du vielleicht?"

„Nein, wie sollte ich?", sagte Amalie, sichtlich irritiert. Sie ärgerte sich immer, wenn Sebastian eine selbstverständliche Sache so aussprach als wäre es das Außergewöhnlichste auf der ganzen Welt.

„Die Geburt eines Menschen ist wohl ein besonderes Ereignis auf dem Weg zur Existenz in dieser Welt. Und trotzdem, als Betroffener kann man sich an dieses Ereignis gar nicht erinnern. Die mit Schmerzen Gebärende ist froh, wenn sie es hinter sich gebracht hat. Man freut sich und ist erleichtert, wenn alles gut ging und Mutter und Kind wohlauf sind."

„Worauf willst Du hinaus?", fragte Amalie, sichtlich gelangweilt. Schließlich hatte sie zwei Kinder zur Welt gebracht. Es waren dies die Kinder von J. S. Glück.

„Es ist keine Kunst, auf die Welt zu kommen", sagte J. S. Glück weiter. „Zwei Menschen vereinigen sich, und neun Monate später ist man da: hilflos, nackt, womöglich noch mit einer Glatze, ohne rechtes Bewusstsein, angewiesen auf die Liebe der sich sorgenden Umwelt. Man braucht Jahrzehnte, um sich in der Welt zurechtzufinden, und hat man Glück und erreicht die Blüte des Lebens, geht es schon wieder bergab."

„Und doch ist es ein großes Wunder, dass Leben entsteht und vergeht", unterbrach ihn Amalie.

„Du sagst es, meine Liebe", setzte Glück seine Abhandlung fort: „Es ist sicherlich keine Kunst, auf die Welt zu kommen; Milliarden Menschen beweisen dies. Die Kunst ist vielmehr, der zu sein, der man ist, wenn man überhaupt im Laufe des Lebens dahinter kommt, wer man ist."

Der letzte Satz klang J. S. Glück noch lange im Ohr nach. Eine gescheite Formulierung, dachte er sich, ob ich je dahinterkommen werde, was ich meinte? Um keine weiteren Fragen von Amalie zu provozieren, nahm er seine Liebe bei der Hand, und sie spazierten den einsamen Strand entlang.

„Ich muss dir etwas gestehen", sagte er schließlich zu Amalie. „Meine Philosophie hat auf die meisten Fragen keine Antwort. Auf die Frage nach dem tieferen Sinn unserer Existenz kann ich nur sagen: Wir existieren, weil wir existieren – wir lieben uns, weil wir uns lieben. Ich vergleiche oft das Leben mit einem gewaltigen Theaterstück. Irdische Dichter lassen in ihren Stücken oft fünf bis zehn Personen auftreten. Größere Werke mit Pomp und Pathos wie Opern beispielsweise, die Chöre und Statistenheere auftreten lassen, kommen vielleicht auf einige hundert Leute auf der Bühne. Gott als Autor, Regisseur und Theatermacher des Seins ist schier unendlich in seinem Pathos; er kennt absolut keine Grenzen. Im Stück des Lebens spielen gleich Milliarden von Darstellern mit – und dies seit geraumer Zeit, alles auf einem winzigen Planeten, in einem winzigen Sonnensystem, in einer Galaxis mit Milliarden von Sternen, die wiederum auch nur einen winzigen Ausschnitt der Unendlichkeit des Kosmos darstellt. Bei dieser Unendlichkeit und Allmacht kann man wahrlich nur staunen. Da ist die Geburt eines Menschen, kosmisch betrachtet, ein vergleichbar unbedeutendes Ereignis."

„Aber nicht für die Mutter!", unterbrach Amalie. „Und wenn der Vater vernünftig ist und auch etwas taugt, auch für ihn nicht, so hoffe ich.

Denn bedenke, der Großteil des Universums ist ohne Leben, ist eiskalt oder brennheiß, unwirtlich und lebensfeindlich, schlichtweg ein Schauspiel der Materie für sich selbst. Was ist dagegen der Schrei eines Kindes, wenn in ihm das Blut zu pulsieren beginnt. Der Schrei kündet das Leben an. Das ist zwar zart, wie gläsern, und zerbrechlich, aber immerhin Leben, trotz der Fülle ein seltenes Ereignis im Weltall. Was sich zwischen zwei Menschen abspielt, ob Mutter und Kind, ob Mann und Frau, kann sich mit den Kräften der Gravitation, welche die Bewegung der Sterne lenken, für ewige Zeiten durchaus messen, denn was wäre der Kosmos, gäbe es keinen Menschen, der darüber staunen kann. Und die gegenwärtigen nahezu acht Milliarden Staunenden sind doch gar nicht so wenige, oder?"

Johann Sebastian Glück horchte auf. Solch starke Worte hatte er von seiner Frau nicht erwartet. Er spürte wie sein Gedankengebäude zusammenbrach. Um es sich aber nicht anmerken zu lassen, räusperte er sich und sagte sofort: „Wie recht du doch hast, meine Teure, du nimmst mir meine Schlussfolgerung vorweg. Weißt du, der alte Sokrates ist berühmt geworden, weil er den Mut hatte, all den Gescheiten dieser Welt zu sagen, dass im Nichtwissen das eigentliche Wissen liegt. Diese Erkenntnis gehörte zu meinen frühesten, wenngleich mein erster Lehrer in der Schule mir dafür eine Fünf gab. Zu Unrecht. Ich sehe unser Verhältnis zur Welt folgendermaßen:

Es geht um die Überwindung der Einsamkeit in dieser Welt und um die Suche nach dem Zweck. Das klingt sehr gescheit, ist aber ganz einfach zu verstehen. So wie ein Kind ohne die Zuwendung und Liebe von Mutter und Vater nicht existieren kann, so gehört zum Kosmos das Staunen über den Kosmos, genau wie du gesagt hast. Stell dir all die Sterne, den Kosmos, die unendliche Natur, die Unzahl der Arten von Tieren und Pflanzen vor – ohne eine bewusste Existenz, die über diese Fülle in Staunen gerät? Es ist der Mensch als ein Teil des Kosmos mit seiner Fähigkeit zum bewussten Erkennen und zum

Denken, mit einem freien Willen; *er ist es, der dem Kosmos seinen Zweck verleiht.*"

Amalie hatte zwar das, was sie gesagt hatte, anders gemeint, sie verstand jedoch eines nicht und fragte: „Aber die Welt kann doch auch ohne den Menschen existieren?"

„Sicherlich kann sie das, sie hat es Jahrmillionen getan. Du hast natürlich recht, die Welt braucht den Menschen nicht, aber was hätte sie dann für einen Zweck? – Reinen Selbstzweck. Daher meine ich: Dass es die Welt gibt, ist zum Beispiel für uns beide recht nützlich, denn die Welt könnte zwar ohne uns weiterexistieren, wir aber ohne die Welt nicht.

Wir können aber über diese Welt staunen, und so geben wir dieser Welt einen Zweck. Was wäre der Kosmos ohne ein Wesen, das über ihn staunt. Das Leben des Menschen überwindet die Einsamkeit der unbelebten Natur mit sich selbst. Das Staunen über die Welt gibt der Welt einen Zweck, zumindest für dich und mich!"

Soweit die Ausführungen von J. S. Glück. Er fügte lediglich noch hinzu: „Um aber mit Sokrates zu schließen, die Sache hat noch einen Haken!"

„Und der wäre?", fragte Amalie.

„Ich bin nur in dem Punkt sicher, dass ich weiß, dass dies auch nicht so sein könnte."

Und gemeinsam betrachteten sie das Meer und die Sterne.

Sie spürten die laue Luft und lachten.

Das Glück des Johann Sebastian Glück:
Die wesentlichsten Erkenntnisse
aus seiner Kindheit

Johann Sebastian Glück war ein Träumer, der sich später zu einem Alltagsphilosophen entwickelte. Durch Zufall war es ihm gelungen, selbstgenügsam und zufrieden, ja, wie er es selbst bezeichnete, „relativ glücklich" zu sein. Er betrachtete dies als ein Geschenk des Himmels. Dennoch, eine gewisse naive Weltverkennung, untermalt durch seinen verträumten Blick, waren ihm wohl in die Wiege gelegt worden. Denn erstens glaubte er an Gott, und dies seit frühester Kindheit. Mit sieben Jahren hatte er in einer Schottergrube ein kleines Holzkreuz mit einem gekreuzigten Jesus aus Blech drauf gefunden. Wie konnte man Gott einfach so wegwerfen, dachte er damals, zutiefst berührt, und nahm das Kreuz mit nach Hause. Von jenem Tag an hatte er das Gefühl, Gott sei zeitlebens bei ihm, weil er ihn in der Schottergrube gefunden hatte. So wurde Gott sein ständiger Begleiter, mit dem er immer wieder sprach, wohl wissend, dass er im Verborgenen ist und sich in dieser Welt nur symbolisch jenem zeigt, der nach Selbsterkenntnis und Weisheit strebt.

Zweitens wurzelte sein Drang nach Erkenntnis in einem frühen Kindheitserlebnis: In seinem Heimatdorf lebte eine alte Frau, von der es hieß, dass sie faul und obendrein noch dumm war. Als der kleine Sebastian

Glück eines Tages auf einer Wiese eine Blume entdeckte, deren Namen er nicht kannte, kam zufällig jene Frau vorbei, und er fragte sie nach deren Namen. Zu seiner großen Überraschung wusste die Frau die Antwort. Wie konnte sie die Antwort wissen, wenn doch alle im Dorf behaupteten, sie sei dumm? Und nun wusste sie den Namen dieser Blume, und er wusste ihn nicht! Er schloss, er sei wohl noch viel dümmer als jene Frau. An diesem Tag beschloss er, sich weiterzubilden. Er begann, Bücher zu lesen, Sprachen zu lernen, und es öffnete sich für ihn schon in diesen kindlichen Jahren das Reich des Wissens und der Erkenntnis.

Drittens führte seine Neugierde so weit, dass er bereits in sehr frühen Jahren die gesammelten Werke des Philosophen Arthur Schopenhauer zu lesen begann. Dies prägte ihn natürlich nachhaltig. Bereits als Kind fand er Schopenhauers pessimistische Weltsicht bestätigt, ergänzte diese jedoch durch den naiven Positivismus, der aus seinem kindlichen Glauben an Gott und die Welt resultierte.

Wenn die Erwachsenen sich unterhielten und bisweilen auch darüber aufregten, dass es viel Negatives auf der Welt gab – den Tod , das Leid, die Krankheiten, das Unglück, die Schicksalsschläge, Krieg und Arbeitslosigkeit, soziales Elend und noch mehr -, dann pflegte der kleine Sebastian bereits damals zu sagen: „Was regt ihr euch auf, wir leben ja nicht zum Vergnügen!" Er meinte dies in Anlehnung an Arthur Schopenhauer und aufgrund seiner frühkindlichen Sichtweise der Menschen und Dinge, die ihn umgaben.

Später wurden Bücher seine besten Freunde. Er studierte philosophische Werke, und die Kluft zwischen seinen Erkenntnissen und dem, was er als bittere Realität um sich wahrnahm, wurde immer größer. Er begann, sich allmählich zum „Geistesmenschen" wie ihn Thomas Bernhard in seinen Werken beschrieb zu entwickeln. Von den Dorfbewohnern distanzierte er sich, denn sie verstanden ihn immer weniger. Er wurde sehr schweigsam und dachte oft an den alten Sokrates, der einmal in einer illustren Runde darauf angesprochen wurde, warum er denn nichts sagte. Darauf antwortete dieser: „Das, wovon ich etwas verstehe, passt nicht hierher. Und das, was hierher passt, davon verstehe ich nichts."

Später verließ J. S. Glück das Dorf seiner Kindheit und ging in die große Stadt. Dort studierte er Astronomie und Mathematik und wurde ein „Sterngucker". Damit erfüllte er sich einen Kindheitstraum, denn schon als Kind hatte ihn der Sternenhimmel fasziniert. Die Unendlichkeit des Weltalls sowie die regelmäßige Wiederkehr der Sternbilder und Planeten und all die kosmischen Rhythmen spürte er tief in seiner Seele als seine wahre Heimat. An seine Geburt konnte er sich nicht erinnern, und auch zu seinen leiblichen Eltern hatte er ein eher distanziertes Verhältnis. Er fragte sich, woher er kam, wer er war, wohin er ging – und vor allem, warum. Da er zu jenem Zeitpunkt ganz gewiss keine Antwort auf all diese Fragen hatte, erträumte er sich eine Geschichte: Vielleicht war er ja gar nicht geboren worden, sondern irgendwann vom Himmel gefallen wie der kleine Prinz von Saint-Exupéry? Irgendwie empfand er sich selbst als lächerliche Figur, und die Gewissheit, dass er eines Tages die irdische Schwere wieder verlassen würde, erfüllte ihn mit einer gewissen Genugtuung. Hatten nicht so manche Dichter die Leichtigkeit beschrieben, die man gegen Ende des Lebens spürt? Würde er auf diese Weise vielleicht zu jenem fernen Stern zurückkehren, von dem er wirklich stammte?

Er liebte die Sterne und dass sie unzählbar waren. Er studierte die Sternbilder und fand sich am Himmel bald besser zurecht als auf der Erde. Beim Beobachten der Sterne und dem Erforschen ihrer Bahnen entfernte er sich selbstverloren weit von allen Problemen des Alltags.

Das faszinierte J. S. Glück, und er umschrieb dies ungefähr so: „Im Unsinn liegt der Sinn. Im scheinbar Nutzlosen und Irrationalen liegt die relative Wahrheit für mich." So wie viele Philosophen und großen Geister, die dieser Welt Heil oder Unheil gebracht haben, die nach dem

Wahren, Guten und Schönen, jenen unvermeidlichen philosophischen Zielen, strebten, so fand er diese Ziele in erster Linie in seinem eigenen Weltgedankengebäude verwirklicht. Die Mathematik war ihm dabei ein sehr hilfreiches Handwerkszeug, denn sie ist wie keine andere Wissenschaft ein in sich geschlossenes System, welches ohne die wirkliche Welt wahrscheinlich besser auskommen würde als mit ihr. So kommt es auch nicht von ungefähr, dass der Sternenhimmel schon immer das Experimentierfeld für Mathematiker war, und so fand J. S. Glück über die mathematische Betrachtung des Kosmos in erster Linie zu sich selbst.

II
Dialog über die Liebe – 1. Teil

Die Kinder schliefen bereits. Sebastian und Amalie spazierten dem Meeresstrand entlang. Das Rauschen der Wellen hatte einen beruhigenden Effekt, und der Mond und die Sterne spannten sich wie ein gigantisches Zelt über sie, ihnen wohltuend die Unendlichkeit des Universums in Erinnerung rufend. Johann Sebastian Glück erinnerte sich, wie er mit Amalie das erste Mal diesem Küstenstreifen entlang spaziert war – vor langer Zeit. Er hatte damals eigentlich Dienst gehabt und im Rahmen seines Studentenjobs Kunden betreuen sollen. In Wirklichkeit jedoch hatte er sich in den Zug gesetzt und war nach Italien gefahren - in jenes Fischerdorf, in dem seine Amalie ihren Urlaub verbrachte.

„Kannst du dich noch erinnern?", fragte ihn Amalie.

„Woran?", erwiderte Sebastian.

„An damals!"

„Ach ja, an damals. Alle vergangenen Sehnsüchte beginnen mit damals", meinte Sebastian. „Aber ich erinnere mich auch an den Mond. Das Bild des Mondes von damals hat sich mir eingeprägt. Er war wunderschön, so groß und strahlend, mitten in der Nacht, so hatte ich ihn nie zuvor gesehen, weder durch ein Fernrohr noch mit freiem Auge." Sebastian wurde nachdenklich. Er versank für einen Augenblick in seinen Gedanken. Schließlich sagte er zu Amalie: „Siehst du, immer, wenn zwei Liebende am Meeresstrand spazieren gehen, fallen ihnen die Sterne und der Mond auf. In Wirklichkeit wollen sie sich lieben, und um diesen Wunsch nicht aussprechen zu müssen, reden sie über das Rauschen des Meeres und manchmal auch über den Mond und die Sterne. Eine hoffnungslose Romantik, nicht wahr?"

„Deine Diskussionen über den Mond waren alles andere als romantisch", entgegnete ihm Amalie. „Ich erinnere mich, wie du mir stundenlang die Entstehung des Sonnensystems erläutertest; wie du mir erklärtest, warum es auf dem Mond keine Atmosphäre gibt, wie bedeutsam die Ekliptik für das Zurechtfinden am Himmel ist und wie Ptolemäus sich die rückläufige Planetenbewegung mit Perizyklen erklärte. Und das alles in einer wunderbaren romantischen Mondnacht."

„Du hast dich gelangweilt, nicht wahr?", sagte Sebastian.

„Ziemlich!", sagte Amalie.

„Aber, warum hast du mich dennoch genommen?", fragte Sebastian.

„Du warst irgendwie anders – und du warst weit weg, zumindest die meiste Zeit. Auf eine gewisse Distanz sind alle Männer erträglich", sagte Amalie, und Sebastian schaute sie überrascht an.

„Du siehst das aber sehr nüchtern! Und die Liebe?", meinte er, sichtlich erbost.

„Was heißt Liebe?", stöhnte Amalie ausweichend. Sie ahnte dabei nicht, dass sie mit dieser Frage Sebastian den Anstoß gab, über die Liebe zu philosophieren. „Oh, die Liebe!", fing er an. „Das Gefühl der Liebe ist wirklich etwas Besonderes. Es entspricht der Sehnsucht des Lebens nach sich selbst, um damit die Einsamkeit zu überwinden. Wir Menschen sind nicht dazu geschaffen, allein zu leben, obwohl manche besser daran täten. Es gibt viele Facetten der Liebe. Die schönste ist zweifellos jene zwischen Mann und Frau. Aber egal, ob die Liebe zwischen Mutter und Kind, Vater und Sohn, die Liebe zu einem Freund, einer Freundin, die Liebe zu den Menschen, die Liebe zu Gott und im gleichen Atemzug zu sich selbst, unser Dasein ist getragen von der Sehnsucht nach Zuneigung und Liebe."

„Und dennoch hast du noch nicht erfasst, was Liebe bedeutet!", sagte Amalie zu Sebastian.

„Kann man die Liebe fassen? Den Geliebten vielleicht,

auf frischer Tat, aber die Liebe selbst ist ein Abstraktum. Jeder Versuch, sie zu definieren, wird letztlich scheitern. Die Dichter und Künstler, ja, sie sind in der Lage, die Liebe zu fassen. Dem ist vielleicht so, weil die Liebe wohl mehr Form als Inhalt ist und man darin schwelgen kann. Sie ist eine Art seltsame Erkrankung des Gemütes; wir sollten sie allenfalls als Hirngespinst oder spirituelles Wunder sehen."

Sebastian umarmte Amalie. Ihre Körper schmiegten sich aneinander. Der Mond strahlte vom Himmel zur Erde herab, und für einen Augenblick schien es als ob jene sich zum Rauschen des Meeres mit der gleichen Leidenschaft vereinten wie Sebastian und Amalie. War dies nun Ausdruck von Liebe oder einfach nur das Verhalten zweier Wesen, die ihren Daseinszweck zu erfüllen suchten? Eines jedoch war Sebastian und Amalie bewusst: *Erst wenn der Körper nicht mehr benötigt wird, um zwei Menschen zu vereinen, kann man wahrhaftig schweben und erahnen, was Liebe ist.* Das war das fatale Geheimnis der Liebe zwischen Sebastian und Amalie.

„Ich habe lange nicht gewusst, *warum ich eigentlich auf der Welt bin*", sagte Sebastian zu Amalie und streichelte mit seiner Hand über ihr vom Wind zerzaustes Haar. *„Aber seit ich dich liebe, weiß ich, warum ich bin."*

Natürlich ist es die einfachste Form des Glücks, wenn

man sich vorstellt: Ein junger Mann liebt eine liebevolle Frau, sie heiraten, bekommen Kinder und leben glücklich bis an das Ende ihrer Tage. Der ideale Stoff für einen Groschenroman. Kein Dichter, der etwas auf sich hält, würde eine solch banale Geschichte schreiben. Die Liebe lässt sich am besten in ihrem Nichtzustandekommen, in ihrer Vernichtung und in ihrem Verfall darstellen. Und doch – wer hat schon das besondere Glück einer tragischen Liebe, die ihn vom Himmel zur Erde schmettert? Die meisten Menschen leben ein banales Leben. Das Banale ist die Regel, das Außergewöhnliche die Ausnahme. Wäre es umgekehrt, würden die Dichter beginnen, banale Geschichten zu schreiben.

Die Liebe und das Leben des Johann Sebastian Glück sind in gewisser Hinsicht banal und doch wieder nicht. Als junger werdender Mann fühlte sich Sebastian einsam und allein. Er hatte den biblischen Schöpfungsmythos studiert. Dabei war ihm besonders ein Satz im Gedächtnis geblieben: dass es für den Menschen nicht gut sei, allein zu sein. Die meisten seiner Freunde waren damals bereits in einer Beziehung. Sebastian war allein. Verzweifelt stellte er alles Mögliche an, um eine Frau zu finden. Seine Haltung, seine Statur, vor allem aber seine Nase empfand er als hinderlich, denn er wusste: Er war kein schöner Mann. Schließlich gab er auf. Eines Abends saß er wieder in der Sternwarte und betrachtete den Himmel mit seinen Milliarden von Sternen. Da erinnerte er sich des Philosophen Immanuel Kant und dessen Spruch vom Wundervollen des Kosmos, das an sich als Gottesbeweis diente. Schließlich dachte er an Gott selbst und an dessen Schöpfung. „Oh Herr!", sagte Sebastian, denn er redete oft mit Gott. „Es gibt auf der Welt so viele Frauen wie Sterne – wie soll ich die Richtige finden? Deshalb, Herr, überlass ich es Dir: Wenn Du meinst, ich solle eine Frau haben, dann such Du mir eine aus. Du bist der Schöpfer. Du kennst die Menschen und weißt viel besser als ich, welche für mich die Richtige ist. Wenn Du jedoch meinst, ich solle allein bleiben, dann ist mir das auch recht."

Von diesem Tag an war er wieder fröhlich. Er war zufrieden in dem Glauben, dass er sein essenzielles Lebensproblem auf eine höhere Ebene, ja überhaupt auf die höchste, die es für einen Erdenbürger gibt, delegiert hatte. Die Entscheidung Gottes blieb nicht lange aus, denn bald darauf lernte er Amalie kennen. Ausgehend von seinem Gebet zu Gott, in dem er offen wurde für die Frau seines Lebens, hatte er immer das Gefühl, Amalie sei etwas Besonderes, denn nicht er hatte sie sich gewählt. Sie war ihm bestimmt, und er nahm sie als die Seine an so, wie sie war – als *die von Gott Erwählte*.

Dialog über die Liebe – 2. Teil

Amalie und Sebastian waren auf ihrem Spaziergang am Meer zu einem kleinen Lokal gelangt. Ein bereits etwas älterer Kellner winkte ihnen fröhlich zu. Sie betraten das Lokal, wählten einen Tisch und setzten sich hin.

„Che desidera?", fragte der Kellner.

„Un quarto di vino rosso ed un Cappuccino, per favore", gab Sebastian zur Antwort. Eine alte Philosophenweisheit besagt, dass es sich bei einem Gläschen Wein viel besser philosophieren lässt als in einer trockenen und verstaubten Studierstube, wenngleich die geringe Qualität der Weisheiten oft mit der ebensolchen Qualität des Weines erklärt wird.

„Die Liebe ist wie der Wein", scherzte Sebastian.

„Die Erwartung ist das Schönste; sie ist wie der erste Schluck. Doch wer zu viel trinkt, wird berauscht – der Abgang ist dann meist herb, ganz wie das Leben selbst."

Der Wein spielt in vielen geistigen Betrachtungen über die Welt eine große Rolle. Nicht von ungefähr bediente sich die christliche Mythologie, speziell die katholische, der Symbole „Wasser" und „Wein". Sie tat dies wohl zuletzt auch deshalb, weil diese Symbole von den meisten

Menschen verstanden wurden. J. S. Glück betrachtete die Wandlung von Wasser zu Wein wie sie in der biblischen Geschichte erzählt wird nicht primär als eine weinwirtschaftliche Methode. Für ihn war es ein tiefes menschlich-geistiges Ziel, ein Glas Wasser so zu genießen als wäre es Wein.

„Die wahre Liebe ist wie das Wasser. Sie berauscht nicht, sondern macht dein Leben klar und rein. Wasser ist der Urstoff des Seins, wie es der antike Philosoph Thales bereits formulierte. Wasser ist ein besonderer Stoff. Wasser ist Bescheidenheit, Entsagung. Wasser bedeutet Verzicht auf jeglichen Luxus. Wer von Wasser und Brot leben kann, der kann gewiss auch einen anderen Menschen wahrhaft lieben, denn er ist bereit und wohl auch fähig, keine Ansprüche zu stellen, keine Erwartungen an seine Liebe zu knüpfen," sagte Sebastian.

In der Zwischenzeit brachte der Kellner den Wein und den Cappuccino und stellte zusätzlich, wie es ja als Ergänzung zum Kaffee üblich ist, ein Glas Wasser dazu. Amalie dachte: „Wie typisch, Sebastian redet vom Wasser, und ich bekomme es serviert – er selbst trinkt Wein." Schließlich fragte sie neckend: „Warum hast du Wein bestellt, wenn du so vom Wasser schwärmst?"

„Du hast natürlich recht", entgegnete Sebastian, „Aber heute ist ein besonderer Tag. Und außerdem: Man kann

Wasser wie Wein genießen, aber es geht auch genau umgekehrt. Heute ziehe ich das Letztere vor, denn ich möchte dir sagen, dass ich froh bin, dass es dich gibt und dass ich dich liebe!"

Amalie verstand Sebastian und schmunzelte über sein Bonmot.

Die Beziehung zwischen Sebastian und Amalie war bedeutungslos im Sinne der zitierten Bedeutungslosigkeit des Seins. Weder nach außen noch nach innen war sie etwas Besonderes. Im Laufe der Jahre waren sie zusammengewachsen wie die miteinander verflochtenen Kronen zweier Bäume, die nun gemeinsam Blüten und Früchte hervorbrachten. Die Grundlage für ihre Liebe, obwohl Amalie dies erst sehr spät verstand, war jedoch das Streben Sebastians, einfach ein „großartiger Liebhaber" zu sein. Was jedoch in den Augen Sebastians ein großartiger Liebhaber war, das hatte er sich bereits als Kind aus einem seiner vielen Bücher angelesen. In seinem späteren Leben bestätigte sich dies als eine seiner wesentlichsten Lebenswahrheiten.

„Was ist ein großartiger Liebhaber?", fragte ihn Amalie.

Sebastian nahm Amalie zärtlich bei der Hand, zog sie an sich heran und sagte: „Weißt du, ich habe das als Kind einmal gelesen, ich weiß nicht mehr wo, aber es hat mich überzeugt: *Ein wahrer Liebhaber ist ein Liebender, ein Mann, der eine einzige Frau ein Leben lang glücklich machen und zufriedenstellen kann. Ja, ein solcher ist ein wirklich Liebender, denn von einer zur anderen zu gehen, das macht jedes Hündchen!*" Amalie war von diesen Worten beeindruckt, denn sie wusste: Dies war kein gedankenloses Zitat; es war wirklich so. Sebastian liebte das kleine, unbedeutende Glück. Er hatte wirklich nur Augen für seine Amalie. Es wäre ihm gar nicht in den Sinn gekommen, dass es noch andere Frauen gab. Und selbst wenn, für ihn gab es nur Amalie. Mit ihr hatte er viel Zeit verbracht und viel erlebt. Für ihn war sie eine ganz besondere Frau. Und mehr noch, sie war nicht nur Frau; für Sebastian war sie seine Freundin, seine Liebhaberin. Sie gingen Hand in Hand wie zwei kleine Kinder.

In Wirklichkeit hatte Sebastian Angst vor Frauen. Obwohl er, seit Amalie die Seine war, sich erlaubte, auch eine Meinung über Frauen zu haben, haftete diese an jener seines Vorbilds Sokrates, der wohl gesagt hatte: „Nehmt eine kleine Frau!" Darauf war die Frage seiner Schüler jeweils gefolgt: „Warum denn das?" Und Sokrates soll stets geantwortet haben: „Man möge von jedem Übel das geringere wählen." Für Sebastian war Amalie gewiss kein Übel. Sie war sogar die Erfüllung seiner Träume – klein, zart und zierlich gebaut, fast ein wenig knabenhaft, mit weicher blasser Haut und Haar so dunkel wie die

Nacht... „Schneewittchen" nannte er sie gelegentlich oder auch „kleine Märchenfee". Auch ihre Brüste waren klein und unscheinbar, so dass Sebastian sich nicht vor ihnen fürchten musste. Und ja, er zitierte Sokrates zwar nur im Scherz, aber vor großen Frauen fürchtete er sich schon. Neben einer großen, üppigen Frau wäre seine männliche Unterlegenheit jedem sofort ins Auge gestochen.

Für Amalie hingegen war Sebastian ein großer, stattlicher Mann. In seinen Armen fühlte sie sich schlicht geborgen – und das, so simpel es erscheinen mag, war doch sehr wichtig für eine Beziehung.

Wenn du irgendwo in dieser kalten, grausamen Welt so etwas wie Geborgenheit findest, dann hast du gewonnen!", sagte Sebastian oft. Es war seine Art, einmal mehr auf die *Überwindung der Einsamkeit und die Suche nach dem Zweck* hinzuweisen.

Obwohl Amalie oft heftig mit ihm schimpfte und ihm seine Nachlässigkeit und seine Fehler vorhielt, fürchtete Sebastian sich nicht im geringsten vor ihr. Sie flößte ihm in irgendeiner Weise wohl ein gewisses Urvertrauen ein, was ihm erlaubte, sich auch in der Liebe auf das Wesentlichste zu konzentrieren. Und das Wesentlichste in der Liebe, trotz aller Philosophie, war für ihn seine Amalie. „Du bist mir anvertraut," sagte er immer. „Für dich bin ich da. Wenn ich es schaffe, einen einzigen

Menschen glücklich zu machen, dann habe ich schon viel vollbracht. Die meisten Menschen bringen es nämlich lediglich fertig, etliche andere unglücklich zu machen."

Und alles wird zum Nichts:
Die fundamentale Erkenntnis von J. S. Glück

Nachdem sie gezahlt hatten, kehrten sie allmählich zurück in die Nähe ihres Hotels. Das Meer peitschte unaufhörlich gegen die Felsen, die jenseits der Strandpromenade aufgeschüttet worden waren, um die Promenade selbst zu schützen. In der Zwischenzeit hatte sich der kleine Ort auf der Insel mit Lichtern erhellt, und zahlreiche Strandurlauber in den unterschiedlichsten Abendroben wälzten sich durch die engen Gassen der Altstadt. Die einen standen auf, während die anderen sich in den Sesseln von Cafés, Gelaterias und Restaurants niederließen. Es war ein munteres, illustres Treiben, welches Sebastian gefiel, denn es wurde ihm immer deutlicher bewusst, wieviele Menschen auf der Welt er nicht kannte: So wie die vielen anderen Strandgänger neugierig zu beobachtende Menschen waren, so war er es für sie wohl auch.

Wäre Amalie nicht bei ihm gewesen, so hätte er sich unter all diesen Menschen gewiss sehr einsam gefühlt. Auf den ersten Blick schienen sie in großen Massen aufzutreten. Doch bei genaueren Hinsehen fiel auf, dass sich die meisten in Gesellschaft befanden. Ja, die Masse der Menschen zerfiel plötzlich in Pärchen, Familien und Gruppen verschiedenster Art. Glück fand einmal mehr bestätigt, dass das Leben wohl auf ein Du ausgerichtet war. Dies jedenfalls besagte *seine Theorie von der Überwindung der Einsamkeit* – denn die Welt allein zu genießen war vermutlich eine eher seltene Kunst; vielleicht eine, die man durch Schreiben erlernen konnte.

So kehrten sie zurück in ihre Hotelsuite. Die Kinder schliefen bereits, und auch Sebastian und Amalie legten sich zu Bett. Der laue Abend und der wunderschöne Tag am Strand hatten sie liebeshungrig gemacht. Sie begannen, sich zärtlich zu berühren, die Wärme des anderen zu spüren, bis sie schließlich der Flamme ihrer Leidenschaft folgten und ineinander versanken. Es war, als löse sich in ihrer liebevollen Umarmung die Spannung des menschlichen Daseins; als ob die Flamme, die im eigenen Körper brennt, kurz wie ein Seufzer entweiche; als ob ein Krug überlaufe, wobei die Fülle als seltsam süße, wohlige Freude durch alle Glieder strömt... bis der Geist im Traum versinkt, die Glieder matt und doch erfüllt im Bett dahingestreckt.

Das helle Mondlicht schickte einen fahlen Strahl auf Sebastians Antlitz. Er öffnete zögernd ein Auge, dann das zweite. Amalie lag neben ihm, ihr Körper verhüllt in die Betttücher. Sie schlief fest, und dennoch schien sie zufrieden zu lächeln. Sebastian stand auf und blickte hinaus ins frühe Morgengrauen. „Träume oder wache ich?", fragte sich Sebastian. Andere Menschen hätten sich an seiner Stelle vielleicht eine Zigarette angezündet, aber Sebastian war Nichtraucher. Er holte sich ein Glas Mineralwasser aus dem Kühlschrank und trank es. Dann setzte er sich auf den Balkon und begann nachzudenken. Und während er die Häuser, das Meer, die Lichter, die Boote und Anlagen betrachtete und den kühlen Morgenwind spürte, schoss ihm plötzlich ein fundamentaler Gedanke – ein Gedanke, der ihn sein ganzes Leben hindurch bewegen würde. Archimedes hätte wahrscheinlich gesagt: „Heureka! – Ich hab's gefunden!"

Doch Johann Sebastian Glück war nur ein Alltagsphilosoph, ein Astronom und Mathematiker, der eben auch lebte und sich irgendetwas zu tun berufen fühlte. Er wusste nicht, woher er kam, wohin er ging und was das Ganze hier auf dieser Welt für einen Sinn haben konnte. *„Nihil est ex nihilem"* – ein Spruch aus der Physik, der den zweiten Hauptsatz der Thermodynamik beschreibt: *Nichts wird aus nichts. Energie kann sich nur umwandeln, aber sie verschwindet nicht.* „Für meinen Betrachtungsbereich ist diese Aussage falsch!", dachte Sebastian. Er genoss noch einmal den wunderbaren Anblick der Häuser und des Meeres. „Genau!", sagte er. *„Alles ist nichts. Das ist das Geheimnis!* Das ist nur schwer vorstellbar für unseren Geist." Was ist herausgekommen bei der Suche nach der Zusammensetzung der Materie? Die Atomtheorie. Die Materie besteht aus Atomen, diese wiederum aus Neutronen und Protonen. Außerdem schwirren irgendwo einige winzige Elektronen herum. *Dazwischen ist nichts; absolute Leere.* Nur ein Beispiel: Würde man den Atomkern eines Wasserstoffatoms auf die Größe eines Tennisballes vergrößern, dann würde in 1 km Entfernung ein Elektron herumschwirren, *dazwischen wäre nichts, absolut nichts; Vakuum, Leere.* Das heißt, bereits die Teilchen, aus denen alles zusammengesetzt ist, *bestehen in erster Linie aus Leere oder Nichts.*

Betrachtet man andererseits den Kosmos, so sind die herumschwirrenden Materiebrocken unbedeutend im Vergleich zur Leere, zum Nichts. Wann immer der Mensch nach dem Urstoff des Seins suchte, fand er in erster Linie eins: Nichts! Selbst die Atome sind einmal Teilchen, einmal Welle. Einstein formulierte dies wie folgt: Energie = Materie x Lichtgeschwindigkeit zum Quadrat. In der Tat findet man bei der genaueren Erforschung der Elementarteilchen immer wieder neue Teilchen und neue Räume, in denen nichts ist. Sebastian philosophierte weiter: „Natürlich ist mein Gedanke unwissenschaftlich, aber ich behaupte: Das Nichts überwiegt, und selbst die Materie, die wir fühlen und greifen können, besteht in erster Linie aus Nichts. Daher meine These: *Alles ist aus Nichts. Omnia est ex nihilem.*" *Alles entsteht aus dem Nichts, ist nichts und wird wieder zum Nichts.* Das ‚Etwas‘, das ‚Stoffliche‘ ist nur eine andere Betrachtungsweise des Nichts. Die Welt existiert daher tatsächlich, aber sie besteht aus dem ‚Nichts'. Es ist ein kosmischer Geist, der das Nichts organisiert hat. All die Gesetze und Gesetzmäßigkeiten, welche die Welt ausmachen und denen auch wir als ein Teil dieser Welt gehorchen, sind ‚organisiertes Nichts' und daher ‚stofflich existent'. Aber letzten Endes bestehen wir aus Nichts, und metaphorisch gesprochen ist es vielleicht so:

Das Leben ist nur ein Traum, nur ist der Traum für den Träumenden Realität, denn es ist egal, ob ich Schmerz oder Freude träume oder wirklich erlebe; im Augenblick des Fühlens lebe ich, auch wenn ich tot sein sollte. Genauso existiert die Welt, auch wenn sie aus Nichts besteht. Daher ist unser aller Ziel das Nichts. Alles entsteht aus dem Nichts und wird wieder zu Nichts. Das Etwas ist nur eine andere Betrachtungsweise des Nichts. „Allerdings," so sagte Sebastian zu sich selbst, „stimmt das nur, solange man keine Zahnschmerzen hat, denn einer, der Zahnschmerzen hat, für den wird mein gewagter Erklärungsversuch der Welt schwer begreiflich sein. Solche Ideen kommen einem wirklich nur, wenn man *nichts zu tun hat.*"

Damit beendete er seine philosophische Morgen-Betrachtung und legte sich wieder ins Bett. Er blickte zu Amalie und dankte für seinen genialen Einfall. Sich an das nächtliche Liebesspiel erinnernd, dachte er:

„Man möchte nicht glauben, *welch herrliche Gefühle aus dem Nichts entstehen können* – selbst wenn sie letzten Endes *wieder zum Nichts werden.*"

III

Das Glück des Johann Sebastian Glück:
Die Glück'schen Glücksformeln

Sebastian saß auf einem Felsen am Meer. Die Wellen klatschten rhythmisch und unaufhaltsam gegen die Klippen. Die Gischt bäumte sich hoch und zerrann wieder. Er dachte an einen Vers aus Goethes Faust: *„In Lebensfluten, im Tatensturm, wall' ich auf und ab, webe hin und her! Geburt und Grab, ein ewiges Meer, ein wechselnd Weben, ein glühend Leben, so schaff' ich am sausenden Webstuhl der Zeit und wirke der Gottheit lebendiges Kleid."*

Sebastian hob einen Stein auf, betrachtete ihn und versuchte, die Mineralien zu bestimmen, aus denen er entstanden war. Auf diese Weise hoffte er, seine Millionen Jahre alte Geschichte zu ergründen. Rundliche Steine, die man in der Hand halten konnte, waren besonders interessant. Bei intensiver Betrachtung und mit etwas Fantasie zeigten sich in ihnen Gesichter. Oft hatten diese keine Augen, und auch Nasen ließen sich nur erahnen. Wie Kartoffeln fühlten sie sich an, diese rundlichen, vom Meer glatt geschliffenen Steine. Sie erinnerten an Namenlose, die ans Meer gespült worden waren als kämen sie aus einer ewigen, teilnahmslosen Vorwelt. Sebastian schwang den Stein einige Male durch die Luft, bevor er ihn in hohem Bogen ins Wasser warf. Glucksend verschwand er in der Tiefe, während sich gleichzeitig kreisförmige Wellen bildeten, die sehnsüchtig dem Ufer entgegen strebten, bis sie Sebastians großen Zeh benetzten.

Was war das Glück des Johann Sebastian Glück? Er war nicht reich. Er war nicht schön. Er war auch nichts Besonderes. Weder Ruhm noch Ehre bedeuteten ihm etwas – und dennoch verkörperte er eine gewisse Selbstgenügsamkeit, die auf lange Sicht ansteckend wirkte. Er war ruhig und wirkte daher auf seine Mitmenschen ebenfalls beruhigend. Er war irgendwie besonnen. Ja, besonnen, das war der treffende Ausdruck. Es war die „Sonne", die ihn charakterisierte. Alle Eigenschaften, die man vom Symbol der Sonne ableiten konnte, passten in gewisser Weise zu ihm.

Ob es an seinem rundlichen Gesicht lag oder daran, dass wirklich etwas in ihm leuchtete – jedenfalls hatten ihm bereits in seiner Kindheit so manche Leute gesagt, wenn er lächle, sei ihnen als ginge die Sonne auf. Später fühlte er es selbst, er spürte „Sonne im Herzen": Selbstgenügsam und zufrieden konnte er sich über die einfachsten Dinge freuen – über einen Schmetterling, einen Marienkäfer, ja, sogar über einen einfachen Regenwurm.

Viel später noch, wenn man ihn fragte, wohin er gehe, antwortete er selbstbewusst: „Immer der Sonne entgegen." Die Sonne war ihm als Mathematiker und Astronom ein wichtiger Begleiter. Sie war der nächste Fixstern; sie brachte Licht und Leben in diese Welt. Einmal sagte er: „Die Sonne ist für mich das Auge Gottes, mit dem er auf unsere Welt herabblickt und die Menschen in ihrem Tun beobachtet. Ist es ihre Strahlkraft oder eben die des Auges Gottes, durch die wir sie gar nicht direkt anschauen können?"

Doch die eigentliche Frage war: Was war das Glück des Johann Sebastian Glück? Die Sonne mochte ein Bild sein, das ihn beschrieb, aber wie kam sie in sein Herz? Und was war es, das das Glück der Menschen ausmachte? „Was ist Glück?" fragte sich Glück selbst. Er führte oft philosophische Selbstgespräche – zum einen mit der Absicht, eine gewisse Ordnung in seine Gedanken zu bringen, zum anderen auch deshalb, weil keiner da war, beziehungsweise sich die Mühe nahm, ihm zuzuhören und seinen Überlegungen zu folgen.

„Wenn einem der Motor mitten auf den Schienen eines Bahnüberganges abstirbt und gerade in diesem Augenblick ein Zug herannaht; wenn man in so einem Moment gerade noch rechtzeitig aus dem Auto herauskommt, dann ist das zweifellos ein großes Glück. Glück im Unglück sogar. Das heißt, Glück ist das Unerwartete, das zufällig Rettende, dasjenige, auf das wir hoffen, wenn unser Leben ausweglos erscheint. Manche sagen, Gott bewahre uns vor allem, was gerade noch ein Glück ist. Auch ein plötzlicher Lottogewinn ist Glück; Glück ist also im Sinne einer wahrscheinlichkeitsmathematischen Betrachtung ein positives Ereignis mit einer geringen Eintrittswahrscheinlichkeit.

Die Statistiker nennen so etwas ‚seltene Ereignisse‘ und haben sogar Wahrscheinlichkeitstabellen zu ihrer Beschreibung entwickelt. Auf diese Art des Glücks sollte man sich nicht verlassen, denn das wäre ein relativ sicherer Weg ins Unglück. Einen Kredit aufzunehmen zum Beispiel in der Hoffnung auf einen Lottogewinn, durch den man den Kredit wieder zurückzahlen kann, heißt ja, das Unglück geradezu herauszufordern.

Das bedeutet jedoch im Klartext auch: Glück hat nichts mit dem Gefühl zu tun, glücklich zu sein. Ein Glück macht nicht zwangsläufig glücklich. Das Glücksgefühl ist nämlich seinerseits kein Begriff, den man wahrscheinlichkeitstheoretisch definieren könnte."

„Nein, das stimmt nicht!", widersprach sich Glück. Die Kunst, sich selbst widersprechen zu können, war für J. S. Glück ein Flexibilitätstraining, mit dem er auch anderen zu widersprechen lernte.

„Das Gefühl, glücklich zu sein lässt sich doch mit einer Formel beschreiben!" Und Glück schrieb mit einem

Stock folgende Formel in den Sand:

$$(1)\ Glück = R + G$$
$$R = Reichtum,\ G = Gesundheit$$

Nach dem Motto „lieber reich und gesund als arm und krank" kam Sebastian in seiner ironischen Betrachtung zu seiner 1. Glück'schen Glücksformel. Er dachte nach und stellte bald fest, dass Reichtum und Gesundheit noch nicht ausreichten, um glücklich zu sein.

Und so erweiterte er seine Formel:

$$(2)\ Glück = G + \Sigma(E_1, E_2 \ldots E_n) + R + Z$$

Er setzte bewusst Gesundheit an die erste Stelle. $\Sigma(E_1, E_2 \ldots E_n)$ bedeutete einfach, dass man auf allen Ebenen, die einem wichtig sind, erfolgreich sein sollte, also im Beruf, in der Liebe, als Freund, als Eltern und auf so manchem anderen Lebensgebiet. Er ergänzte dies schließlich damit, dass man außerdem noch reich sein (R) und genügend Zeit (Z) haben sollte. Das war die zweite Glück'sche Glücksformel, die das Glücksgefühl des Menschen schon relativ gut beschrieb, und er unterstrich dies, indem er sagte:

„Glücklich zu sein ist ganz einfach: Man muss nur gesund sein, auf allen Ebenen Erfolg haben, und wenn man dann auch noch genügend Geld und Zeit hat, dann ist es relativ einfach, glücklich zu sein."

Inmitten der Begeisterung über die Erkenntnisse seines philosophischen Selbstgespräches wurde J. S. Glück durch einem plötzlichen starken Schmerz in seiner großen Zehe in die Wirklichkeit zurückgeholt. Er stieß einen lauten Schrei aus. Was war geschehen? Bei seinem Gedankenspiel hatte er die Formeln mit dem großen Zeh in den Sand geschrieben und dabei wohl eine Krabbe gestört, die ihn darauf kräftig in denselben biss. Amalie und die Kinder waren in jenem Moment zurückgekommen, und gemeinsam mit den anderen sonnenanbetenden Ferienmachern am Strand konnten auch sie sich bei der Szene einer beflügelten Heiterkeit nicht erwehren. Das Gelächter war unüberhörbar.

Mit der steigenden Flut verschwanden die Glück'schen Glücksformeln im Meer, nicht jedoch aus Sebastians Kopf. Er erinnerte sich Schopenhauers, der die „Freiheit vom Schmerz" als die realistischste Variante für das irdische Glück beschrieben hatte. Leben ist Leiden: Glück bedeutet, frei zu sein von Schmerz.

Ohne Faktor X ist alles nix!
Die 3. Glück'sche Glücksformel

Die Kinder, Dilbert und Natalie, lachten noch lange.

Amalie schimpfte, denn Johann Sebastian hatte die Umkleidekabine am Strand offen gelassen, und der Wind hatte die Kleider und Zeitschriften über den Strand verteilt. Es dauerte einen halben Tag, bis sie alles eingesammelt hatten und die Familie wieder harmonisch zueinander fand. Glücks Kreise am Strand schienen zerstört, in seinem Kopf jedoch rumorten und brodelten seine Gedanken weiter. Am Abend in der Taverne fragte Amalie:

„Was hast du heute am Strand gemacht?" Nach einer kurzen Pause fügte sie hinzu: „Jedenfalls nicht das, was ich dir aufgetragen hatte!" Ihre Worte klangen zunächst vorwurfsvoll, aber sie konnte nicht lange böse sein, und schon bald machte sich auf ihrem Gesicht ein nachsichtiges Lächeln breit.

„Ich habe über das Glück und das Gefühl, glücklich zu sein, nachgedacht!"

„Oh, nein!", sagte Amalie. Nun wurde sie doch wieder etwas böse. Eine halbe Stunde lang redete sie auf ihn ein, erklärte ihm, wie er sich bessern konnte, wenn er nur endlich einmal auf sie hörte. Sie resümierte: „Weißt du, es ist im Grunde eine Missachtung meiner Person, wenn du immer und überall nur Unordnung und Chaos hinterlässt."

Wortlos verbrachten sie den restlichen Nachmittag. Sebastian war sichtlich unglücklich, und als er Amalie mit seinen unschuldigen Augen schließlich weltverloren anblickte und sogar dreimal um Verzeihung bat, wurde sie weich und verzieh ihm, wie schon so oft. Daraufhin riefen sie die Kinder und gingen zurück ins Hotel.

Als die Kinder bereits im Bett waren, machten sich Amalie und Sebastian auf den Weg in die nahegelegene Weinschenke. Sie empfanden die typisch italienische Atmosphäre dort immer als besonders angenehm. Nach den ersten zwei Gläsern Wein versuchte J. S. Glück schließlich, Amalie die erste und zweite Glück'sche Glücksformel zu erklären.

Amalie war nicht einverstanden. Sie war überzeugt, dass das Glück der Liebe ähnelte und dass man ein Gefühl oder Gefühle nicht in mathematische Formeln pressen konnte. Jedoch genau darauf wollte Johann Sebastian Glück hinaus: „Man muss das Glück im Sinne eines ‚seltenen Ereignisses' wie die Wahrscheinlichkeitstheoretiker sehen und dies von dem Konzept jenes Glücks, das wir empfinden, wenn wir beispielsweise in den Armen eines geliebten Menschen liegen, unterscheiden. Meine Formel lautet nämlich:

(2) Glück = $G + \Sigma(E_1, E_2 \ldots E_n) + R + Z!$"

Man kann nur vermuten, wonach Amalie in diesem Moment wirklich Sehnsucht hatte – und das war ganz gewiss keine Erklärung der Glück'schen Glücksformel Nr. 2. Da sie aber wusste, dass Johann Sebastian seine Gedanken loswerden musste, ließ sie ihn gewähren.

Sebastian fuhr fort: „Ich habe einen Menschen gekannt, der war gesund und reich und hatte Erfolg auf allen Ebenen. Alles gelang ihm, und es fehlte ihm an absolut nichts. Aber es erging ihm fast wie König Midas, dem alles, was er berührte, zu Gold wurde und der letztlich an Hunger zu sterben drohte, weil man Gold nicht essen kann." Amalie verdrehte die Augen und stöhnte. Ihr fragender Blick forderte eine Antwort. Schließlich konnte sie sich nicht länger zurückhalten: „Wozu erzählst du mir das alles, Sebastian?"

„Um zu zeigen, dass ein Optimalzustand der Lebensumstände noch lange nicht glücklich macht. Es gibt einen Faktor, ich nenne ihn Faktor X. Dieser Faktor ist ein göttlicher Funke. Er ist das in sich selbst ruhende Glück. Er ist das kosmische Bewusstsein. Aber von welcher Seite auch immer du ihn betrachtest, er bleibt stets eine undefinierbare Unbekannte", erklärte Glück.

„Der Mensch ist ein Mangelwesen", sagte schließlich Amalie. „Immer sucht er nach dem, was er nicht hat. Wenn er alles hat, sucht er danach, wie es ist, nichts zu haben, und schätzt nicht, was er hat." Um Sebastian auf andere Gedanken zu bringen, fügte sie hinzu:

„Wenn du nicht da bist, fehlst du mir!"

„Und wenn ich da bin", ergänzte Sebastian, „geh ich dir auf die Nerven!"

„Nun ja, so schlimm ist es ja nun auch wieder nicht."

Amalie, vom Wein leicht errötet, schmiegte sich an Sebastian. Sie küssten sich und wiegten sich in dem Gefühl, glücklich zu sein.

So entstand die dritte Glück'sche Glücksformel. Ergänzt um den Faktor X: X ist jenes Geheimnis, welches das Leben ausmacht. Für Johann Sebastian Glück war es die Sonne, die er im Herzen trug – das war sein Faktor X – verbunden mit dem Ziel „nichts Böses zu tun". Und so schrieb Glück seine dritte Glücksformel auf, die er als der Weisheit letzten Schluss empfand:

$$(3)\ \text{Glück} = G + \Sigma(E_1, E_2 \ldots E_n) + R + Z + \mathbf{X}$$

$$\text{Glück} = M + \mathbf{X}$$

$$M = G + \Sigma(E_1, E_2 \ldots E_n) + R + Z$$

M = materielle Basis und Erfolg (also Gesundheit, Erfolg auf allen Ebenen, Reichtum und Zeit haben, um gut zu leben)

X = Faktor X, Unbekannte („das innere Glück")

Alles haben und doch unglücklich sein, auch das gibt es. So gut wie nichts haben und dennoch nicht unglücklich sein, auch das ist möglich. Das Geheimnis des Lebens ist der Faktor X. Er bezeichnet etwas, das wir von Gott als Teil von uns geschenkt bekommen haben – gemeinsam mit unserer Existenz als solcher. Es ist ein Wunder.

Ohne den Faktor X ist alles nix!

Die Sonne im Herzen

Natürlich waren die Glück'schen Glücksformeln nur ein Jux. Im Kern stimmten sie, die Hülle war mathematische Spielerei, eine Ironie auf den Versuch, das Leben mit einer Formel zu beschreiben. Das mag zwar Klarheit in das humoristische Denken des Johann Sebastian Glück gebracht haben; es erklärte aber noch nicht seine Selbstgenügsamkeit und sein eigenes Glück in seinem ganz persönlichen Lebenskontext.

Glücks Mutter war zwar selbst unglücklich gewesen und hatte unter ihren Lebens- und Liebesumständen gelitten, ja, sogar einmal bis an den Rand des Selbstmords. Aber sie hatte ein „gutes Herz" gehabt und ihren Sohn geliebt. Die Liebe seiner Mutter hatte Glück vom ersten Atemzug an jenes Urvertrauen gegeben, das zwar durch viele Ereignisse immer wieder erschüttert worden war, letztlich jedoch den Grundstein, die Basis für sein persönliches Glück bildete. Wie sollte jemand, der als Kind nicht geliebt wurde, eine positive Beziehung zu dieser Welt finden und selbst fähig werden zu lieben? Glück hatte dieses Glück, und er dankte dem Schicksal, eine ihn stets begleitende und liebende Mutter gehabt zu haben; eine Mutter, die ihm die Augen für das Wahre, Gute und Schöne dieser Erde, ganz einfach für das Licht, den „Sonnenschein", geöffnet hatte.

Als sie starb, war dies wie ein Faustschlag in sein Gesicht – der erste, den ihm das wirkliche Leben verpasste. Der Tod stellte sich als bitterer und unbarmherziger Geselle ein, schnürte Glück die Kehle zu, so dass sein Atem eng und beklemmend wurde. Und ausgerechnet da vernahm er eine Stimme in seinem inneren Ohr, die sagte: „Ich lebe, und es geht mir gut!" Er kannte diese Stimme – es war die Stimme seiner Mutter. Und plötzlich wurde ihm bewusst, dass nicht sie selbst tot war, sondern dass sie lediglich ihre Hülle, ihren Körper, abgestreift hatte. Diese Hülle war auf dieser Erde zurückgeblieben wie ein Ballast, den man nicht mehr braucht. Die Erinnerung lebte weiter. Doch da war die Stimme seiner Mutter, die er noch immer hörte und die ihm Trost und Hoffnung gab. Sie würde ihn fortan durch sein ganzes Leben begleiten. „Ich lebe, und es geht mir gut!" In den Tagen nach ihrer Beerdigung spürte er die Nähe seiner Mutter besonders stark.

In jener Zeit ging er einmal in eine Kirche und trat vor ein Kruzifix, um eine Kerze für sie anzuzünden. Ein großer Strauß Lilien stand vor dem Bildnis, und genau in jenem Augenblick, in dem er die Kerze anzündete, fiel eine Blüte davon auf den Altar. Verabschiedete sie sich von ihm auf diese Weise? Er glaubte fest daran, und es war wohl auch diese Begebenheit, durch die er später seine Fundamentalerkenntnis, dass alles nichts ist und zum Nichts wird, relativierte.

Er liebte seine Mutter innig, und sie liebte ihn nicht weniger zurück. Doch es schien als bestimmten Licht und Schatten bereits seine Kindheit. Seinen Vater empfand Glück als Bedrohung, als personifizierten Schrecken. Er erschien ihm wie ein dunkles Tier, vor dem er Angst hatte, vor dem er floh und zu dem er zeitlebens auf sichere Distanz ging. Nur so konnte er seine zarte, dem Licht zugewandte Seele vor ihm schützen. Er versuchte, das Leben und das Schicksal seiner Eltern zu verstehen, kam jedoch bereits als Kind zu dem Schluss, dass man zwar Vater und Mutter ehren sollte, jedoch nirgendwo geschrieben stand, dass man sie auch lieben muss. Der feine Unterschied zwischen ‚ehren‘ und ‚lieben‘ erlaubte es ihm, mit sich selbst Frieden zu schließen, obwohl es Dinge gab, die ihn tief getroffen hatten und die er nicht ohne Weiteres verzeihen konnte und wollte.

J. S. Glücks Stellung seinen Eltern gegenüber ist wohl auch deshalb erwähnenswert, weil sie erklärt, warum er der Möglichkeit irdischen Glücks immer recht skeptisch gegenüberstand. Außerdem hatte er ja als Kind bereits Schopenhauer gelesen, so dass er das Leben von Anfang an von einer pessimistischen Warte aus betrachtete. Dass man glücklich sein konnte, war wohl eher einem unwahrscheinlichen Zufall zuzuschreiben. Ansonsten bauten sich die Menschen ein Ideal vom Glück auf, das gänzlich unrealistisch war. *„Und dann sind sie unglücklich!“*, raunte er. *„Man lebt nicht zum Vergnügen!*

Das persönliche Glück - unsere Bestimmung? Welch weit verbreiteter Irrglaube!"

Teil 2

In der Villa am Meer etwas später

Die alte Uhr, ein Erbstück von Amalies Großmutter, schlug 10 Uhr abends. Der Sturm hatte sich beruhigt, und Amalie hatte Professor Gregorius einen Großteil ihres gemeinsamen Glücks mit Johann Sebastian Glück geschildert.

„Sebastian war zwar chaotisch und manchmal zerstreut, aber er war ein guter Mensch," meinte Amalie abschließend. „Er war ein Träumer, der lieber über seine eigene Nase nachdachte als dass er sich zu den Pflichten des Alltages hätte einteilen lassen."

Der Professor goss sich den letzten Rest der „Wintermärchenteemischung" in seine Schale und schlürfte genüsslich das köstliche Getränk in sich hinein.

„Was meinten Sie damit, *dass er durch den scheinbaren Nichttod seiner Mutter seine Fundamentalerkenntnis, dass alles nichts ist, änderte?*"

„Das ist kompliziert!", sagte Amalie. „Ich werde noch einen Tee aufstellen!" Sie ging hinunter in die Küche, während der Professor sich die Bücher in der Bibliothek genauer anschaute. Da waren viele Lexika und Monographien, lateinische Werke, eine Bibel und sogar humoristische Literatur. Der Professor zog ein Buch heraus, „Körper, Geist und Seele – ein Traktat", von einem irischen Philosophen.

Amalie kam zurück mit dem Tee und etwas englischem Gebäck. Sie setzten sich wieder. Als sie das Buch sah, lachte sie kurz auf: „Das war Sebastians Lieblingsthema, wenn er mich ärgern wollte!", sagte sie. „Seltsamerweise änderte Sebastian seine Fundamentalerkenntnis, nachdem er sich mit diesem Thema beschäftigt hatte. Er sagte immer: ‚Alles ist Nichts!' Und dann fragte er mich, was Geist, was Erkenntnis und was Denken sei."

Professor Gregorius hob noch einmal den Zettel auf, den er aus der hölzernen Schildkröte herausgeholt hatte, und las die Zeilen vor: „*Wer mein Verschwinden erklären kann, wird mir folgen. Wer mein Verschwinden nicht erklären kann, wird mir auch folgen. Das Höchste aber ist die Liebe. Sie führt immer zum Ziel!*"

Schließlich sagte er zu Amalie: „Sebastian meinte mit seinem Verschwinden sicher den Tod!"

„Den Tod?", fragte Amalie, „Sie glauben, Sebastian ist wirklich tot?"

Sie war verstört.

„Tod und Nichttod. Sein oder nicht sein! Tod und Leben, Leben und wahrscheinlich auch Auferstehung im christlichen Sinn!", sagte der Professor. „Doch das für sich allein gibt noch keinen Sinn!"

Er zog ein Manuskript aus der Tasche, eine 120 Seiten lange mathematische Abhandlung, mit Bleistift geschrieben, verschmiert und mit einigen Kaffeeflecken darauf.

„Fieberhafte Arbeit eines Genius!", kommentierte der Professor.

„Ist das die besagte Arbeit, die er Ihnen hinterlassen hat?"

„Ja", sagte Professor Gregorius, „ich verstehe die Arbeit bis auf die letzten zwei Seiten! Allerdings die wichtigsten Seiten. In diesen zwei Seiten steckt die Lösung des Problems, das die Atomphysiker und Philosophen *das Geist-Materie-Problem nennen! Der Übergang von unbelebter zu belebter Materie – und damit das Geheimnis von Leben und Tod.*"

Amalie war überrascht. Sie hatte Sebastian anscheinend unterschätzt. Der Professor blickte Amalie vertrauensvoll an. Dann sagte er: „Lassen wir uns nicht von den negativen Seiten unseres Daseins schockieren! Reden wir doch vom Leben! Was war Sebastians Lebensphilosophie? Wenn ich diese verstehe, dann werde ich vielleicht auch eine Erklärung für die letzten zwei Seiten seines Tractatus mathematicus finden!"

Während sie so sprachen, wurde es immer später in der Nacht. Doch noch ehe die Uhr Mitternacht schlug, sollte das Geheimnis gelüftet werden. Zuvor ist es wichtig, Sebastians Lebensphilosophie noch kennenzulernen.

I

Die Lebensphilosophie von Johann Sebastian Glück

Johann Sebastian Glück kam aus der Begrenztheit seines Umfeldes niemals wirklich heraus – außer vielleicht in seinen Träumen. Er entsagte den Sachzwängen der modernen Konsumgesellschaft auf seine eigene verrückte, schrullige Art. Sein Lieblingswitz war der von Sokrates und den kleinen Frauen...

Gewiss, die Frauen erschienen Sebastian als Übel. Er hatte Angst vor der wahren weiblichen Macht. Und diese Angst war zweifellos berechtigt, betrachtete man das Unglück, in welches man als Mann durch eine Frau stürzen konnte.

„Bedenke aber auch, welchen Glückszustand ein Mann durch eine Frau erreichen kann!", wies ihn Amalie zurecht, und er stimmte ihr zu.

Sebastian hatte eine Affinität für alles, das klein war – denn auch in seinem Leben war alles, das ihn umgab, klein. Er sagte zu Amalie: „Siehst du, meine Frau ist klein, mein Haus ist klein, mein Auto ist klein, und auch mein Gehalt ist klein. Im Kleinen liegt jedoch das Große, betrachtet man dies aus der Sicht der irdisch-menschlichen Bedeutungslosigkeit. Die Kräfte, die im Atomkern wirken, erklären letztlich den Kosmos. Mikro-

und Makrokosmos sind wie zwei Seiten der gleichen Münze.“

Im Kleinsein fühlte er sich wohl, und das, obwohl er schon erwachsen, also groß, war. Außerdem war ihm das Innere wichtiger als das Äußere. Er sah sein Leben wie einen Baum: Während der Stamm kräftiger und mächtiger wurde, breiteten sich die Zweige der Krone weit aus und begannen, Früchte zu tragen. Dies waren die Früchte, die sich in den Herzen all jener bildeten, die ihn liebten. So entwickelte er in all den Jahren seine ganz persönliche Lebensphilosophie, gestützt auf die Erkenntnisse seiner Kindheit, modifiziert und inspiriert durch sein Schicksal. Ja, er hatte Glück in seinem Leben. Nicht jeder hatte das. Gelebte Naivität, ein kindliches Herz und die Freude, jeden Tag zu genießen, prägten sein Dasein, so dass er durch sein Tun nie irgendeine Schuld auf sich laden konnte.

Nachdem er und Amalie sich kennen und lieben gelernt hatten, hüteten sie ihre Liebe wie ein Geheimnis. Verstohlen kosteten sie die Freuden der Jugend aus, wie zwei turtelnde Tauben, bis eines Tages Johann Sebastian Glücks Sohn in ihr Leben trat. Er war das Ergebnis einer mathematischen Fehlkalkulation, die aber dem „göttlichen Willen“ entsprach. Sie heirateten, und Jahrzehnte später sagte Dilbert immer stolz, dass seine Eltern seinetwegen geheiratet hatten. Ganz gewiss stellte die Ankunft eines Kindes, noch dazu eines prächtigen, gesunden Sohnes, einen Fingerzeig dafür dar, dass Amalie und Sebastian ihren Lebensweg gemeinsam weitergehen sollten – ja, sie waren wohl ganz einfach füreinander bestimmt.

Es scheint, dass die Familie heutzutage keinen Wert mehr hat. Heiraten? Wozu? Und schuld daran sind die Frauen selbst, denn sie haben den Mann aus der Rolle des „Familienernährers" gedrängt. War es zurecht oder zu unrecht? Das spielt wohl keine Rolle mehr. Die medizinische Errungenschaft der Empfängnisverhütung räumt der Frau die Verantwortung für die Geburtenkontrolle ein. Dadurch hat der Mann weder Pflichten noch Verantwortung. Er kann sein ganzes Leben als verspieltes Kind verbringen, jeglicher Verantwortung entbunden, und wird somit nutzlos.

J. S. Glück sah darin keinen Fortschritt, sondern als leicht konservativer Alltagsphilosoph propagierte er das Ideal einer Familie, wobei der Mann in gewisser Weise der Frau auch untertan sein sollte. Außerdem kämpfte er dafür, dass sich die Männer, die modernen Männer, nicht aus der Mutterrolle drängen lassen sollten und ihren Platz am Herd und an der Seite ihrer Kinder verteidigen sollten. Er nannte dies das Prinzip des Gegensatzes und meinte damit die Anwendung von Sein und Nichtsein auf etwas verdrehte oder zumindest ungewöhnliche Art. Mit anderen Worten: Er meinte lediglich, dass man immer versuchen sollte, das Gegenteil von dem zu tun, das man gerade tut. Zumindest sollte man sich vorstellen, es zu tun, um daraus Erkenntnisse zu gewinnen. Wenn also eine Frau eine berufstätige Mutter war, sollte sie versuchen, nur Hausfrau zu sein. Wenn ein Mann klassischer Familienerhalter war, dann sollte er versuchen, bewusst seine Mutterrolle wahrzunehmen. Das Gegenteil von dem, was man ist oder tut, bringt einen stets wieder auf den „goldenen Mittelweg" des Versuchens und Irrens zurück. Letztlich ist jeder Weg der falsche oder der richtige, denn es gibt keine Wiederholung. Irgendein Dichter schrieb einmal: „Das Leben ist eben zu kurz, um es zu wiederholen!"

Soviel zum Thema Familie... Besondere Bedeutung für Glück hatten die Kinder. Als nicht materiell denkender Mensch beschloss er gemeinsam mit Amalie, dass sein Sohn nicht allein bleiben sollte. Er hatte zwar insgeheim auf einen zweiten Sohn gehofft, doch stattdessen kam nach einiger Zeit ein Töchterchen zur Welt – die kleine Natalie. Glück liebte seine Kinder. Er betrachtete sie als ihm Anvertraute, die er in seinem Leben begleiten durfte. Er spielte mit ihnen, er blödelte mit ihnen; vor allem aber lernte er von ihnen. Er war nämlich der Überzeugung, dass ein Mensch, der sich für seine Kinder keine Zeit nahm, ein Dummkopf war. Für ihn war die Sichtweise von Kindern der größte Reichtum. Wer an ihren Gedanken teilhaben konnte und bereit war, sich ihren Erkenntnissen gegenüber zu öffnen, hatte wahrlich die Chance, sich von der eingeschränkten Sichtweise eines Durchschnittserwachsenen wegzuentwickeln und auf diese Weise zu höherer und tieferer Einsicht über sich selbst und die Welt zu gelangen:

„Und er sagte: Eure Kinder sind nicht eure Kinder. Sie sind die Söhne und Töchter der Sehnsucht des Lebens nach sich selber. Sie kommen durch euch, aber nicht von euch. Und obwohl sie mit euch sind, gehören sie euch doch nicht. Ihr dürft ihnen eure Liebe geben, aber nicht eure Gedanken. Denn sie haben ihre eigenen Gedanken. Ihr dürft ihren Körpern ein Haus geben, aber nicht ihren Seelen. Denn ihre Seelen wohnen im Haus von morgen, das ihr nicht besuchen könnt, nicht einmal in euren Träumen. Ihr dürft euch bemühen, wie sie zu sein, aber versucht nicht, sie euch ähnlich zu machen. Denn das Leben läuft nicht rückwärts, noch verweilt es im Gestern. Ihr seid die Bogen, von denen eure Kinder als lebende Pfeile ausgeschickt werden …" (Sebastians Lieblingszitat aus Khalil Gibran, „Der Prophet") „Ihr müsst werden wie die Kinder", steht in der Bibel. Sebastian lebte dies mit seiner Amalie. Ihre Liebe zueinander war kindlich rein und ungetrübt von jedem Argwohn. Außerdem benahm sich Johann Sebastian zeitweise selbst wie ein Kind, was nicht als Anschuldigung, sondern vielmehr als Kompliment zu verstehen ist: Gelegentlich kam es nämlich vor, dass er

seinen Kindern, wenn sie zankten, ermahnend sagte, sie verhalten sich so unmöglich wie Erwachsene und sollten sich deshalb wirklich schämen.

Sebastians Lebensphilosophie war sehr einfach, im Grunde zu einfach für diese Welt – eine komplizierte, hektische Welt, in der alles auf Knopfdruck funktionieren musste; eine Welt, in der man der Manipulation durch die Medien täglich aufs Neue ausgesetzt war; eine Welt, die die menschliche Kreativität gänzlich verschüttete, ob durch unbefriedigende, monotone, den Angestellten zum Untertan in der größeren Hierarchie machende Beschäftigungen oder durch die Zwänge einer materiellen Welt, in der „haben" wesentlicher war als „sein". Und das Resultat? Es blieb menschliche Leere, denn die Beziehungsfähigkeit ging verloren, weil nirgends mehr wahre Liebe war. Der Papst wirkte da wie ein verlorener Rufer in der Wüste, wenn er durch die Welt reiste und vor dem Zerfall der Familie warnte.

Sebastian war kein auf das Haben orientierter Mensch.

Ein Freund zeigte Sebastian einst stolz die Ländereien, die er geerbt hatte und verwaltete. Da erinnerte sich Sebastian an eine Anekdote über Sokrates: Ein ehemaliger Statthalter versuchte, dem alten Mann zu demonstrieren, wie reich er durch seine Ländereien war. Sokrates holte darauf eine Weltkarte und bat den Statthalter, ihm den genauen Standort seines Besitzes zu zeigen. Letzterer suchte vergeblich, denn die Weltkarte war viel zu groß. Da sagte Sokrates: „Siehst du, welch unbedeutenden Teil der Erde du besitzt!"

Genauso steht es mit unseren Besitztümern in einer aufs Haben orientierten Gesellschaft. Glück konnte nur den Kopf schütteln. Er verstand nicht, warum die Menschen sich zu Sklaven ihres Besitzes machten und dabei seelisch immer ärmer wurden. Keine Vogelstimme und keine Blumenwiese konnte sie erfreuen. Nur das Klimpern von Geld, das Dröhnen von Maschinen, das Motorgeräusch eines neuen Autos und Ähnliches konnten sie befriedigen. Aber war dies wahre Befriedigung?

„Im Verzicht liegt das Licht", das war der Kern von Sebastians Lebenseinstellung, und dass dies auch in einer modernen Internet- und Konsumgesellschaft möglich war, bewies er durch seine Art zu leben und zu lieben. Jene, die ihm nahestanden, bewunderten ihn manchmal wegen seiner zwar exzentrischen aber doch ungewöhnlich kreativen Art, mit denen er an die Dinge heranging.

Er hatte da ein Prinzip. Er nannte es *„finden statt suchen"*. Was meinte er damit? „Der Mensch ist als denkendes Wesen erschaffen worden. Sein Verstand und sein Denken führen ihn durchs Leben." *J. S. Glück beherrschte*

die seltsame Kunst, sich etwas vorzustellen und zu warten,
bis es sich von selbst manifestierte. „Irgendwann, Amalie,
werden wir eine kleine Villa am Meer unser Eigen
nennen." Für Amalie stand bei diesen Worten fest, dass
ihr geliebter Sebastian sich einmal mehr in seine eigenen
Träumereien verstrickt hatte. Wo war sein Realitätssinn?
Er konnte ja nicht einmal einen Nagel in die Wand
schlagen – vielleicht, weil er zu ungeschickt war, aber
wohl vor allem, weil ihm der Schmerz der Wand beim
hämmernden Einstich des Nagels ein gewisses physisches
Unbehagen verschaffen würde.

Auch dem Essen konnte Sebastian keinen tieferen Sinn
abgewinnen. Der Philosoph Wittgenstein hatte einst
gesagt: „Es ist egal, was man isst; Hauptsache, es ist immer
das Gleiche." In Anlehnung daran meinte Sebastian, wir
müssen die Abhängigkeit des Bauches überwinden und
die geistige Orientierung zur Maxime machen. Das
Denken des Menschen sollte auf Erkenntnis gerichtet
sein. Das Erschreckende unserer Zeit ist doch der Mangel
an Geist! Wir werden nahezu unter der Informationsflut
begraben; aber wo sind unsere Erkenntnisse? Welche
Erkenntnisse haben wir gewonnen, wenn wir die
Morgenpost gelesen haben? Die Welt ist schlecht, voll
des Unheils und der Korruption.

Um diese Erkenntnis zu gewinnen, zahlen wir monatlich
unseren Abo-Beitrag und gehen mit diesem Müll im

Kopf, den wir gelesen haben, miesepetrig zur Arbeit und stecken womöglich auch noch unsere Arbeitskolleginnen und -kollegen mit unserer schlechten Laune an. Ist das notwendig?", philosophierte Johann Sebastian Glück in unzähligen Gesprächen und Runden.

Er hatte recht. Er hatte wirklich recht.

Vor allem hatte er eines: Geduld; die Fähigkeit zu warten. „Man muss warten können, bis die Zeit für etwas reif geworden ist!", sagte er oft. Eine weitere Erscheinung des ständigen Habens ist die Gier, und diese drängt uns nicht nur, soviel wie möglich, sondern auch alles sofort zu haben – als könne man die Bedürfnisse des Lebens per Einkaufswagen durch den Supermarkt erfüllen. Ja, das Supermarktdenken... Wünschen, kaufen, wegwerfen – das ist zur Lebenskultur geworden, und wir wenden dieses Denken nun auch auf unsere Beziehungen an. Wie soll das gut gehen? Die Wohlstandsgesellschaft strotzt vor materiellem Überfluss. Doch die Menschen haben sich darin gewandelt. Sie sind zu zeitgesteuerten Marionetten geworden, gefangen in der Tretmühle der Verschwendung, durch die die Wegwerfwirtschaft ständig angekurbelt wird. Gefühle des Herzens, vor allem Liebe, scheint es nicht mehr zu geben.

II
Die Lebensphilosophie von J. S. Glück

Glück war in die westliche Zivilisation Ende des 20. Jahrhunderts hineingeboren worden. Es war eine Zeit, die in mancher Hinsicht nicht seiner inneren Sensibilität zu entsprechen oder auch nur entgegenzukommen vermochte. Seine beinahe autistische Abgehobenheit erlaubte ihm, diese innere Sensibilität zu wahren und abzuschirmen von einer sich ständig stärker entmenschlichenden Gesellschaft.

Und dennoch erkannte Glück sehr wohl, dass die Bedingungen genau jener Gesellschaft die gleichen waren, auf denen auch sein Glück in gewisser Weise basierte. Oder konnte man das Glück nennen? Es handelte sich dabei wohl eher um die Bequemlichkeiten des Lebens – eine Art Privilegien, die Sebastian allerdings äußerst kritisch betrachtete, ja, eigentlich in Frage stellte.

Das erste Privileg, das sich die westliche Gesellschaft errungen hatte, war die Fähigkeit, unseren Planeten mit Atombomben zu zerstören oder ihn zumindest für alle Menschen unbewohnbar zu machen. Ein Privileg? Nein, es war eine Schande! Es war die Schande der Überheblichkeit des Menschen, des menschlichen Ehrgeizes, Gott in allem zu gleichen. Doch diese Überheblichkeit hatte sich durch die gesamte Menschheitsgeschichte hindurch lediglich in der Fähigkeit zur Zerstörung ausgedrückt. Die Schöpfung selbst war nach wie vor nur Gottes Privileg.

Glück sinnierte weiter über das Fundament seines Glücks, beziehungsweise über sein eher bequemes Leben, und dabei offenbarte sich ihm ein weiteres Privileg, das wohl nicht minder fragwürdig als das erste war. *Die zweite Säule von Glücks Glück*, wenn man so sagen will, war nämlich der Wohlstand. Und worauf beruhte dieser? Durch den Kolonialismus hatte die westliche Zivilisation die ganze Welt über mehrere Jahrhunderte kontrolliert und ausgebeutet. Die Menschen in den Kolonien wurden dabei bestohlen und betrogen, entwürdigt und entmenschlicht, im schlimmsten Fall sogar umgebracht. Der Kolonialismus war im Grunde der größte Raubzug der menschlichen Geschichte, der es schlussendlich einer kleinen Elite von weißen Menschen ermöglichte, auf Kosten der restlichen Welt ihren Wohlstand aufzubauen und zu erhalten. Rassismus war nur ein ganz kleiner Bestandteil davon oder höchstens die Ausrede dafür.

Sebastian konnte seine Gedanken nicht aufhalten, während er gleichzeitig vor deren Monstrosität immer häufiger zurückschreckte. Doch es war ihm wichtig, ehrlich zu sein, den Tatsachen ins Auge zu sehen. Und so quälte er sich zum *dritten Privileg* durch, auf dem sein Glück aufgebaut war.

Ja, das *dritte Privileg* war eines, auf dem Glücks Glück und das noch vieler Männer beruhte: die patriarchalische Ordnung der Gesellschaft, also die Herrschaft der Männer. Jeder Mann, so auch Sebastian, wurde von den Vorteilen einer männlich dominierten Kultur getragen, egal, was er tat oder dachte.

Dieses Privileg war wohl das schlimmste von allen, denn es erlaubte den Menschen untereinander, also Mann und Frau, nicht, sich als Ihresgleichen zu sehen. Dies wiederum führte dazu, dass sie einander fremd und unvertraut blieben. Echte Liebe zwischen den Geschlechtern war somit ausgeschlossen.

J. S. Glück erkannte diese Privilegien mit einigem Unbehagen. Die Tatsachen, auf denen sein Glück oder zumindest sein bequemes Leben sich aufbaute, schienen seiner Suche nach Liebe in der Welt eher diametral entgegengesetzt. Und dies war wohl mit ein Grund, dass er unaufhörlich nach seiner eigenen Fundamentalerkenntnis suchte. Er hörte nie auf zu glauben, dass er irgendwo zwischen Geist und Materie doch noch fündig werden würde.

Wider die Sachzwänge unserer Zeit

Johann Sebastian Glück philosophierte viel zu gerne über die Welt. Zum Glück war er Mathematiker und Astronom. So konnte er sich abgehoben mit den Unendlichkeiten des Weltalls beschäftigen. Dies wiederum verleitete ihn zu oft aberwitzigen Interpretationen, sozusagen als besonderen Kontrast zu den doch hinreichend lächerlichen und abstrusen Facetten des endlichen menschlichen Lebens.

Johann Sebastian Glück beschäftigte sich stark mit dem Zusammenhang zwischen Geist und Materie. Dem war vielleicht auch deshalb so, weil er dem 21. Jahrhundert im Grunde keine nennenswerte Chance auf tiefere Erkenntnis einräumte. Im Zeitalter der industriellen Revolution war der Mensch Teil der Maschine geworden; jetzt wurde er zum Teil der Informationssysteme. Die neuen Technologien führten zu einem beschleunigten Wandel im Wissensmanagement. Der genetische Code des Menschen war geknackt. Viele Strukturen waren bekannt. Doch eines blieb unbekannt: der Zusammenhang zwischen Geist und Materie. Wenn dieser erhellt würde, dann könnte man die Erinnerungen und das Wissen eines Menschen kurz vor seinem irdischen Tod vielleicht auf einer Festplatte zwischenspeichern. Von dieser würde dann alles in ein neues Gehirn, das zu einem neuen, aus einer Körperzelle reproduzierten Körper gehörte, überspielt. Auf diese Weise könnte das

Leben eines Menschen sehr lang, vielleicht sogar auf ewig, verlängert werden.

Johann Sebastian Glück erkannte, dass seine Glücksformeln in der digitalisierten Welt, in der Denken immer weniger gefragt war, sich jedoch virtuelle Hohlräume buchstäblich stapelten und die Habgier als wünschenswerte Eigenschaft propagiert wurde, nicht erfüllbar waren. Den Menschen fehlte seiner Meinung nach der Lebenssinn. In einer Gesellschaft, in der das Vergnügen verherrlicht wurde, wurde jeder schließlich zu einem virtuellen Dasein im Hamsterrad des Kapitalismus getrieben. Freiraum zum wirklichen Glücklichsein blieb dabei keiner. Die Seele wird zum Unbekannten, denn keiner weiß mehr, was sie war und welche Rolle sie für das Glücklichwerden spielte. „Der moderne Mensch hat endgültig seine geistige Souveränität verloren. Die Schubumkehr der modernen Informations- und Wissenssysteme hat die Seelen derjenigen, die an den Displayoberflächen hängen wie die Saugnäpfe der Tintenfische an den Meeresmuscheln, endgültig zum Erlöschen gebracht.", sagte er einmal zu seiner Amalie, die nicht wusste, was er damit sagen wollte. Sie wusste nur, dass er zu viel Zeit haben musste, während sie sich um die Familie kümmerte.

„Hat der Computer eine Seele?", sinnierte er.

„ Nein.“

„Hat der Mensch eine Seele?“

Und nach einer langen Nachdenkpause:

„Eigentlich auch nicht wirklich!“

„Was ist das, was uns von der Maschine unterscheidet und wie ein kleines Licht in uns lodert?“, fragte er traurig Amalie.

„Es ist die Fähigkeit zu lieben!“, sagte sie. „Daher, ich geh hinaus in den Tag und sag, dass ich dich mag.“ Das war Amalies Antwort, und beschämt nahm er zur Kenntnis, dass ihre Weisheit unendlich viel größer war als die seine.

Der menschliche Geist droht, sich in den Elektronen-wolken aufzulösen. Die Computer verkabeln die Menschen; die Netze sind wie Nabelschnüre einer mutterlosen Gesellschaft geworden.

Die Fortschritte im Bereich der künstlichen Intelligenz verhelfen den Maschinen zu einem Seelenleben, mit dem sie nichts anzufangen wissen.

Ein schlafender Bettler vor einem Supermarkt! Er findet keine Beachtung. So seelenruhig konnte man unter den Menschen noch nie schlafen!

Was sind das für Menschen im 21. Jahrhundert? Mit einem Handy am Ohr und dem Kopf im Display? Zugeknöpfte Marionetten mit einem informationsüberfluteten, ferngesteuerten Gehirn? Ohne Seele? Ohne Herz? Ohne Liebe?

Eine von Sebastians Lieblingsfragen, ja vielleicht seine Lebensfrage überhaupt, war: „Was ist wirklich der Sinn des Lebens?" Auf der Suche nach einer Antwort beobachtete er die Menschen und stellte fest:

„Es gibt solche, für die die Anhäufung von Geld, Macht, Ruhm und Ehre, von Besitztümern und Leistungen, der Sinn ist. Sie wollen durch ihr Schaffen der Nachwelt in Erinnerung bleiben."

„Andere fügen sich ein in die Gegebenheiten, sie ordnen sich unter, sie laufen mit, sie verlieren sich in dem, was ist und sein soll."

„Die Hedonisten sind jene, für die der materiell-sinnliche Genuss im Mittelpunkt des Lebens steht. Die Leidenschaft des Körpers sowie jede Form von weltlichem Vergnügen gibt ihrem Leben Sinn. Wenn sie in ihrem Streben danach scheitern, zerbrechen sie oft."

„Und es gibt solche, die genügsam sind. Für sie ist Harmonie das höchste Gut. Sie sind darauf bedacht, dass ihre Seele Nahrung findet, auf dass sie eine gute Seele wird. Doch sie wissen oft nicht genau, wie das zu erreichen ist." Das waren einige von Sebastians Antworten auf die Frage nach dem Sinn des Lebens. Die Menschen lebten auf die eine oder andere Weise, doch ihr Lebensweg enthielt zumeist Elemente von jeder dieser Antworten.

„Was ist deine Antwort auf die Frage nach dem Sinn?", forderte Amalie ihn einmal heraus.

Er dachte einen Moment lang nach und meinte dann: „Sinn? *Gib dem Leben einen, sonst hat es keinen!*"

Die Vielfalt der Lebensziele und Lebensformen im 21. Jahrhundert, die Masse an Möglichkeiten, macht es den Menschen immer schwerer, „glücklich zu sein". Sie finden keine Ruhe, denn irgendetwas scheint sie ständig zu treiben, als befänden sie sich im Wettlauf mit den Zeigern der Uhr – einem Wettlauf, der die einen dazu führt, im eigenen Reichtum zu ersticken, während die anderen dabei so tief in den Sog der Armut gelangen, dass sie keine Luft zum Atmen mehr haben. „Dabei wäre alles so einfach!", sagte Amalie.

„Wo steckt die Liebe in unserer Welt?", fragte Amalie Sebastian. Er zuckte mit den Achseln, schaute Amalie nur an.

Nach einer Weile sagte sie: „*Die Liebe, sie steckt in dem Stück Brot, das du einem Menschen gibst, der nichts zu essen hat! So einfach wäre alles.*"

III
Dialog über das Leben - 1. Teil

Ein Sonnenuntergang am Meer hat etwas Berauschendes. Es fühlte sich oft an als ob das silbrige Glitzern der letzten Strahlen auf den Wellen des Meeres die Seele kitzelte, während die Sonne wie ein Ball aus immer tief röter werdender Glut sich allmählich in den Horizont versenkte. Schließlich blieben der Sandstrand, der im schwindenden Licht wie ein vom Spülen der Gischt verzauberter Streifen wirkte, und die Luft, von Salz und Meerwasser getränkt, die Atem und Seele befreite.

Das kleine Stückchen Paradies, auf dem Sebastian und Amalie ihre Urlaube verbrachten, schien nicht nur ihre Liebe füreinander zu stärken und zu untermalen; es wurde als solches auch zum Objekt einer weiteren Form von Liebe, die sie beide für jenen himmlischen Landstreifen entwickelten. Schon bei ihrem ersten Aufenthalt viele Jahre zuvor hatten sie nahe ihrem Hotel eine kleine Villa gesichtet, von der sie seither zwar träumten und dennoch nicht zu träumen wagten. Als diese Villa eines Tages ganz unerwartet zum Verkauf angeboten wurde, und das sogar zu einem erschwinglichen Preis, schien es Sebastian und Amalie wie ein Wunder, und sie zögerten nicht einen Moment. Die Kinder waren damals bereits groß, und Amalie zwinkerte Sebastian glücklich zu: „Ein kleines Haus, nur für uns beide!" Sebastian fügte sofort hinzu: „Für uns beide, unsere Kinder und unsere wahren Freunde ist darin immer Platz – ich glaube, sogar Sokrates sagte einmal so etwas in Bezug auf sein Häuschen."

„Was ist das Schönste im Leben?", fragte Amalie Sebastian, der wie gebannt den Sonnenuntergang verfolgte.

Er lehnte sich zurück, dachte nach und sagte: „Das Schönste im Leben ist, mit dir zu schlafen!"

Amalie wusste nicht, ob sie sich geschmeichelt fühlen sollte.

„Oder misst du dem nicht soviel Bedeutung bei?", fügte er schnell noch hinzu.

Amalie gab zu, dass es auch ihr behagte, von Sebastian geliebt zu werden. Nur seine sehr männliche Sichtweise erschien ihr eher als dominant.

„Das Schönste im Leben ist doch die Liebe zwischen Mann und Frau, wenn sie in Erfüllung geht und im Einswerden gipfelt. Wenn ich so nachdenke, dann ist es eigentlich das Ziel eines Menschen in meinem Alter, mindestens fünfzig Prozent seiner Lebenszeit zu schlafen. In seinem „Hamlet" geht sogar Shakespeare auf diese Thematik ein: ‚Sein oder Nichtsein, das ist hier die Frage... auf den Schlaf, in dem es kommen möge!'

Einen Großteil des Lebens verbringt man also mit Schlafen. Wenn man dann einen Partner hat und das Glück, dass dieser neben einem im Bett liegt, verbringt man eben diesen Großteil doch mit einem einzigen Menschen. Ja, danach kommt Essen, Trinken, denn in der modernen Freizeit- und Spaßgesellschaft beträgt die Zeit, in der man arbeitet, höchstens zwanzig bis fünfundzwanzig Prozent. Wenn man hingegen eine Stunde pro Woche dem Liebesakt mit seinem Partner widmet, dann macht das fast 52 Stunden der Liebe, Zärtlichkeit und orgastischen Ekstase pro Jahr – das ist eine gute Arbeitswoche! Umgerechnet auf die durchschnittliche menschliche Lebenserwartung macht dies zwei Prozent.

Der gemeinsame Schlaf nebeneinander ist wesentlich umfangreicher und daher auch bedeutender als der Liebesakt. Und doch, was wäre das Leben ohne diesen Liebesakt – es wäre langweilig, irgendwie ohne Würze. Die orgastische Entspannung, das Einswerden von zwei Menschen, ist ein nahezu kosmisches Gefühl! Es war wohl irgendein berühmter Regisseur, ich glaube Woody Allen, der einmal sagte: ,Die Arbeit wurde nur deshalb erfunden, weil man es nicht aushält, vierundzwanzig Stunden mit einer Frau im Bett zu liegen!' Das ist gewiss eine sehr männliche Sichtweise. Aber ich bin nun einmal ein Mann!", sinnierte Johann Sebastian Glück.

Amalie war trotzdem froh, Johann Sebastian Glück kennen und lieben gelernt zu haben, denn er war gutmütig und geduldig. Vor allem aber beschäftigte er sich mit klassischer Heilmassage als Freizeitvergnügen und konnte so Körper, Geist und Seele seiner Frau mit den Händen begreifen. „Mit den Händen begreifen wir das Leben ohnehin besser als mit gescheiten Philosophien!", sagte er manchmal. Dies erlaubte ihm eine angemessene Selbstdistanz.

„Die Wurzeln des Lebens liegen in der Sexualität begründet. Sie ist eine Eigenschaft des Lebens, Ausdruck des Kampfes der belebten Materie gegen die unbelebte. Alle Lebewesen dieser Welt müssen ihre Gene austauschen und sich vermehren. Das ist das Prinzip der Evolution. Sexualität bedeutet im weitesten Sinn Kommunikation und Austausch, Suche nach Erkenntnis über diese Welt, um besser überleben zu können. Daher kam ja die katholische Kirche zu der Meinung, den Sinn und Zweck des ‚Liebesaktes' ausschließlich in der Fortpflanzung, in der Zeugung von Nachkommen zu sehen. Als solcher wurde er wohl tatsächlich von der Natur konzipiert. Dass er mit Spaß verbunden sein soll, ist eine List der Natur, denn sonst würden die Menschen ja lieber essen und trinken anstatt sich fortzupflanzen! Erst mit der modernen Empfängnisverhütung ist es zur Entkoppelung von ‚Sex zum Spaß' und ‚Sex zur Fortpflanzung' gekommen, und der letzte Papst, ich glaub es war der Franziskus, er hat ja wohl auch zugegeben, dass Mann wie Frau auch ein bisschen Spaß dabei haben dürfen!"

Johann Sebastian Glück sah in der Sexualität das Grundmotiv für das Leben. Wäre es möglich, unser Leben auf andere Weise zu sichern? Man könnte zum Beispiel das Leben unbegrenzt verlängern durch die Zucht von Körpern, in die das auf einer Festplatte zwischengespeicherte Bewusstsein und Gedächtnis eines Verstorbenen eingebaut wird! Diese grausige Vision könnte sogar eines Tages Realität werden – und damit würde die Sexualität als Grundmotiv für unser Dasein ihre Bedeutung verlieren.

Amalie unterbrach Sebastian: „Du kannst doch nicht die Schönheit des Daseins auf die Sexualität allein reduzieren!"

„Sicherlich nicht, das wäre primitiv. Ich meine aber damit in erster Linie die Liebe. Die Liebe ist das Höchste! Sie führt immer zum Ziel!", erwiderte Sebastian.

„Und was ist das Ziel?", fragte Amalie.

„Das Ziel ist der Tod!"

„Nein!", sagte Amalie. „Das Ziel ist das Leben!"

„Aber das Leben endet mit dem Tod. Also ist er unser aller Ziel. Außerdem erreichen wir dieses Ziel so oder so, ob wir aus unserem Leben etwas machen oder nicht. Ob wir schlafen oder wach sind, was immer wir tun, bewegen, entwickeln und vollenden oder nicht, ob wir Gutes oder Schlechtes tun … wir sollten uns unserer Vergänglichkeit stets bewusst sein. Wenn dieses Bewusstsein unser Denken und Handeln bestimmt, dann erst gewinnt unser Dasein an Ästhetik, weil wir anfangen zu akzeptieren, dass unsere eigene irdisch-menschliche Bedeutungslosigkeit der Schlüssel zu unserem wahren Glück ist", meinte Sebastian nachdenklich. Er lehnte sich zurück und schaute Amalie an.

„Tod und Leben sind eins – es schließt sich nur der Kreis mit unserer Nichtexistenz!"

Amalie verstand nicht genau, was Sebastian meinte. Aber was für einen Unterschied machte das wohl? Die Liebe und der verblassende Sonnenuntergang fielen über sie und trugen ihre Gedanken in die dunkle Nacht.

Dialog über das Leben - 2. Teil

Wenn man von der Terrasse der kleinen Villa auf das Meer blickte, schien es als ob die Horizontlinie der Schnittpunkt von Himmel und Erde sei. Den kleinen Garten hatte Sebastian völlig verwildern lassen – ob aus Liebe zur unberührten Natur oder lediglich aus Faulheit, das bleibe dahingestellt: Bäume und Sträucher schlangen sich darin ungestüm einer um den anderen, wie wenn sie quer durch den Hinterhof des Hauses tanzten, abgeschirmt von der Außenwelt. Der Blick auf das Meer und jener auf diesen kleinen Garten beflügelten in gleicher Weise das Denken und Fühlen der Familie Glück. Für Sebastian und Amalie war es ein Stück Paradies. Nie hatten sie davon zu träumen gewagt, dass Ihnen diese Idylle eines Tages zuteil werden würde, denn die große Liebe, die sie füreinander empfanden, hatte sie nie einen Gedanken an das Materielle verschwenden lassen.

Die Glut der untergehenden Sonne wirkte in Sebastians und Amalies Gemütern nach und schien sich mit dem Rotwein, der in Gläsern mit Riesenbäuchen vor den beiden stand, und dem Licht der kleinen Öllampe, die ihren Tisch zierte, wärmend zu vereinigen. Sebastian berührte sanft Amalies rechte Hand und sagte vielversprechend: „Ich möchte dir etwas zeigen." Darauf zog er eine kleine handgeschnitzte Holzschildkröte aus seiner Tasche und stellte sie vor Amalie auf den Tisch. „Die habe ich vor langer Zeit, noch bevor ich dich kannte, auf einer Studienreise in den Kongo von einem Schamanen dort erworben," sagte er stolz. Im Licht der Öllampe wirkte die kleine Figur wie verzaubert.

Sebastian lehnte sich in seinem Stuhl zurück und starrte die Schildkröte konzentriert an. Keiner sagte etwas. Plötzlich vernahmen sie ein leises Knacken. Die Schildkröte fiel auf die Seite – als habe sie gehinkt und sei schließlich umgefallen. Amalie lachte kurz auf. Als sich ihre Augen jedoch mit denen Sebastians trafen, wurde sie plötzlich ernst. „Sebastian", begann sie in etwas betroffenem Ton, „Du willst doch nicht etwa sagen, dass..." Sie hielt inne. „Doch, doch, das war ich, kein Scherz", erwiderte Sebastian. „Es gibt einen Zusammenhang zwischen Geist und Materie, welcher der Wissenschaft noch völlig unbekannt ist. Nur so lässt sich das Wirken unserer Welt erklären!"

Amalie war nervös geworden, denn Sebastian schien ihr irgendwie unheimlich und fremd. Sein Geist schien nach etwas zu suchen, ähnlich wie einst die Alchemisten, die nach dem Stein der Weisen dursteten, dabei jedoch lediglich ihre eigene Unzulänglichkeit entdeckten.

„Du hast der Schildkröte das Bein gebrochen", sagte sie schließlich.

„Ohne sie zu berühren, nur mit der Kraft meines Geistes", erwiderte Sebastian.

„Das ist doch Magie!"

„Nein, die Erkenntnis über den Zusammenhang zwischen Masse, Lichtgeschwindigkeit, Raum und Zeit – und dem Faktor X – macht das unter bestimmten Bedingungen möglich," versuchte Sebastian, seine Handlungsweise wissenschaftlich zu formulieren.

Amalie wurde sichtlich zornig: „Du bist auf einer falschen Spur! Glaubst du wirklich, der Kosmos lässt sich aufklären und durch den menschlichen Geist steuern? Das wäre doch eine Katastrophe für die Menschheit!"

„Da hast du wahrscheinlich recht", gab Sebastian zu.

„Kannst du die Schildkröte wieder ganz machen?"
„Der Vorgang ist irreversibel", sagte Sebastian.

„Das stimmt mich traurig, dass der die Materie beeinflussende Geist nur zerstören kann. Er macht die Dinge nicht wieder ganz und die Lebewesen nicht wieder lebendig," erwiderte Amalie gereizt.

Sebastian senkte leicht den Kopf. Dann fuhr er fort: „Ich habe unendlich viel nachgedacht über das Sein und das Nichtsein. Ich habe mich dazu mit unglaublich vielen Philosophien beschäftigt – der indischen, der fernöstlichen, jener von Sokrates bis hin zu jener von Karl Popper; dabei musste ich erkennen, dass sie alle sich nur des einen gewiss sind: *Nichts ist gewiss!*

Die Leistung des philosophischen Denkens ist der berechtigte Zweifel an allem und jedem. Der Glaube hingegen hilft, den Zweifel zu überwinden und beruhigt die fragende Menschenseele. *Ich, der Seiende und die Welt, das Sein, sind letztlich eins.* "

Sebastian schickte sich an, Amalie eine lange Erklärung über das materielle Sein versus das geistige Sein zu geben, doch Amalie schien davon nicht besonders beeindruckt. Schließlich unterbrach sie ihn: „Lieber Sebastian, ich verstehe ja, dass du viel Zeit zum Nachdenken hast... Wenn du mich fragst: Ich verstehe gar nicht, warum du so viel Zeit darauf verschwendest, mir Dinge zu erklären, die eh ganz logisch sind und auf der Hand liegen. Was wirklich wichtig ist, ist doch nur, dass die Menschen gut zueinander sind und sich lieben!"

„Damit hast du eine große Wahrheit ausgesprochen", stimmte Sebastian zu. „Du bist Frau und Mutter, hast Kinder zur Welt gebracht; du liebst mit der Seele einer Frau. Ich weiß, dass du all das intuitiv verstehst. Es ist im Grunde ein unsäglicher Skandal, dass Frauen in der westlichen Gesellschaft bereits seit reichlich tausend Jahren keinerlei Chance bekommen haben, sich als Philosophinnen zu etablieren."

„Logisch, die Welt ist eine Männerwelt, und das Philosophieren war immer eine Ausrede der Männer, wenn sie nicht arbeiten wollten."

Damit beendete Amalie den philosophischen Diskurs. Sie trug die kaputte hölzerne Schildkröte in die Bibliothek und legte sie auf ein Regal, das abgebrochene Holzbein daneben.

Das hölzerne Reptil hatte wohl mehrere Jahre auf diesem Regal verbracht. Drei Tage vor seinem Verschwinden jedoch drückte Sebastian es Amalie in die Hand mit dem Hinweis, s*ie solle gut darauf aufpassen, denn die Schildkröte berge ein Geheimnis.* Amalie hätte stutzig werden müssen. Doch zu diesem Zeitpunkt erinnerte sie sich *weder an Sebastians damaliges „Geist-Materie-Experiment", noch bemerkte sie, dass die Schildkröte wieder ganz war.* Sie konnte nicht ahnen, dass Sebastian ihren damaligen Worten nachgegangen war und in der Zwischenzeit die Fähigkeit erlangt hatte, etwas nicht nur via Geisteskraft zu zerstören, sondern es auch wieder gut, also ganz zu machen, quasi zu „heilen". Amalie hatte weder Zeit noch Sinn für solche aus ihrer Sicht unsinnigen Fantasien Sebastians.

Die Relativierung der Fundamentalerkenntnis

Es geschah tief in der Nacht, drei Monate bevor Johann Sebastian Glück verschwand. Sebastian arbeitete gerade in der Sternwarte des astronomischen Institutes. Das helle Licht des Vollmondes machte die Beobachtungsverhältnisse des Nachthimmels nicht optimal. Deshalb beschränkte sich Sebastian auf einige wenige Gestirne und konzentrierte sich auf die Suche nach einer mathematischen Ableitung, die den Zustand des Nichts beschreiben sollte.

Gewiss, es war eine von Sebastians Launen. Er wollte mittels mathematischer Gleichungen darstellen, dass die Summe der Elementarteilchen im Atom einen Wert 0 ergibt und dass der Faktor X als Maß für die Unschärferelation der Existenz irdischer Dinge im Unendlichen gegen Null geht. Da kam ihm der Gedanke *an die Stimme seiner Mutter, die er im Augenblick ihres Todes in seinem Kopf vernahm: „Ich lebe und es geht mir gut!"* Er verstand oder versuchte zumindest sich vorzustellen, dass es so etwas wie *„einen Geist"* gab. Die christliche Lehre differenzierte ja auch zwischen Körper, Seele und Geist, also zwischen Materie, physischem Erleben und Erkenntnis. Und alles ist Eins. Im Tod trennt sich diese Einheit, und vielleicht ist es möglich, unsere Gedächtnisinhalte außerhalb unserer materiellen Existenz zu speichern. Manche stellen sich dies als

„kosmische Datenbank" vor. Es musste also, so dachte sich J. S. Glück, einen Zusammenhang zwischen dem Geist und der Materie geben.

„Ich hab's gefunden! Heureka!", rief Sebastian. „Es besteht ein Zusammenhang zwischen Geist und Materie und Einsteins Formel, die besagt, dass Energie Masse mal Lichtgeschwindigkeit zum Quadrat ist. Diese Formel muss man nur um die Funktion des Geistes erweitern. Es ist letztlich der Geist, der diese irdische Existenz bestimmt. Denn der Geist braucht Strukturen, um zu wirken. Diese Strukturen bestehen aus dem Nichts – *das Alles und das Nichts sind also Eins. Und so schließt sich der Kreis: Alpha und Omega, Anfang und Ende, Leben und Tod, alles ist eins und gleichzeitig null, nichts!*" So rumorte es in Sebastians Hirn; er fieberte, als sei er dem Wahnsinn nah.

Man könnte dies alles als Schwachsinn abtun, wäre da nicht der seltsame Umkehrschluss, den Sebastian auf den letzten zwei Seiten seines Tractatus mathematicus beschrieben hatte. „Wäre dies alles Spekulation, dann wäre mein Denken und Philosophieren vergeudete Zeit und Mühe. Es wäre Magie, und mir würde es wie Faust ergehen, den Goethe sagen lässt: *„Drum hab' ich mich der Magie ergeben, ob nicht durch Geistes Kraft und Mund, so manch Geheimnis würde kund, sodass ich im sauren Schweiß nicht mehr zu sagen brauch, was ich nicht weiß."*

Sebastian lief ein kalter Schauer über den Rücken. Seine Erkenntnis schien ihm so unheimlich und groß, dass er überkommen war von einer unendlich tiefen Freude und gleichzeitig dem Bedürfnis, sich demütig auf den Boden zu werfen. Er war dem Geheimnis der irdischen Existenz ganz nahe gekommen. *Ja, seine Theorie stimmte! Geisteskraft konnte die Welt bewegen. Sie konnte zerstörerisch wirken, wie Sebastian selbst durch das Abbrechen des Schildkrötenbeins bewiesen hatte. Aber die gleiche Energie, in die entgegengesetzte Richtung geleitet, konnte das Bein auch wieder heilen. Das war reale, vielleicht sogar göttliche Magie. Der Vorgang war reversibel, umkehrbar, in beide Richtungen möglich.* Aber ob ein ganzer Mensch sich wohl in reinen Geist verwandeln und anschließend wieder zurück in seine physische Existenz gelangen konnte? „Wenn mir meine Transformation gelingt, dann ist bewiesen, was bislang ignoriert und als Scharlatanerie abgetan worden ist," dachte Sebastian laut. Und nach einigen Sekunden fügte er hinzu: „Wie groß wäre die Macht eines Menschen, der solches vermag! Er hätte den Schlüssel zu Tod und Leben in der Hand. Er wäre wahrlich Gott gleich... Aber wäre dies wirklich wünschenswert?"

Dies war der Augenblick, in dem Sebastian seine seinerzeitige Fundamentalerkenntnis relativierte. Von jenem Tag an war er verändert, denn er glaubte zu wissen, was noch kein Mensch vor ihm entdeckt hatte. Viele hatten es erahnt und mit Magie versucht zu beweisen, aber Sebastian hatte eine klare Formel dafür entwickelt, und auf dieser Grundlage konnte es ihm gelingen, *sich selbst in den Zustand des reinen Geistes zu transferieren.*

Von jenem Zeitpunkt an entwickelte er seine Erkenntnis unaufhörlich und fieberhaft weiter... bis er eines Tages tatsächlich spurlos verschwand. Professor Gregorius fand seine Unterlagen und versuchte, seinen Gedanken zu folgen, seinen letzten Weg zu rekonstruieren. *Aber ihm fehlte ein einziger wichtiger Mosaikstein.* Und der Professor hoffte, genau diesen an jenem Abend mit Amalies Hilfe in der Villa am Meer zu entdecken.

Teil 3

In der Villa am Meer ist die Lösung in Sicht

Es war kurz vor Mitternacht. Amalie hatte dem Professor alles erzählt, was ihr in den letzten drei Monaten vor seinem Verschwinden an Sebastian aufgefallen war.

Es schien als beginne der Professor allmählich, die letzten zwei Seiten von J. S. Gücks mathematischer Abhandlung zu verstehen. „Er versuchte, die Einstein'sche Formel um die Funktion der Wirkung des Geistes zu erweitern. Dabei entwickelte er ein sehr komplexes mathematisches Gleichungssystem.

Doch im gleichen Maß wie d*as Glück ohne den Faktor X* nicht existieren kann, *fehlt auch dem physikalischen System zur Erklärung der Welt etwas*, selbst wenn man das Zusammenwirken von Geist und Materie dabei berücksichtigt.

Die Physik versucht, die Welt durch vier fundamentale Kräfte zu erklären: die *starke Wechselwirkung* und die *schwache Wechselwirkung* in den Atomen, die *elektromagnetische Kraft,* die als Magnetismus, Elektrizität, Licht oder in chemischen Bindungen zur Wirkung kommt; und die *Gravitation*, die die Anziehung von Massen erklärt, auf der Erde als Schwerkraft wirkt und die die Gestirne auf ihren Bahnen hält."

Der Professor machte eine Pause. Es schien, als müsse er sich einen Moment sammeln. Dann fuhr er fort: „Die Physiker träumen davon, eine einzige Formel zu finden, die diese Kräfte zusammenfasst." Er blickte Amalie ruhig an, als ob er die Wirkung seiner Worte auf sie prüfen wollte. Ihre Augen trafen sich kurz.

„Johann Sebastian Glück erkühnte sich zu glauben, diese Formel gefunden zu haben. Er tat dies, indem er auf den letzten zwei Seiten seines Traktates *eine weitere, fünfte Kraft* mathematisch beschrieb."

„Interessant, welche Kraft das ist?", fragte Amalie neugierig. „Es ist die *Liebe*.", sagte der Professor und zeigte Amalie eine Skizze, die Sebastian angefertigt hatte.

„*Die Liebe ist die universale Kraft, die alle anderen Kräfte integriert, sie verbindet und im Wesentlichen sogar hervorbringt.*" ergänzte der Professor. „Erst wenn das Lehrgebäude der Physik die Liebe als Kraft zu integrieren in der Lage sein wird, wird es dem menschlichen Geist möglich sein, die Welt in vollendeter Weise zum Guten zu wandeln. Bis dato gelang es den Physikern, die Entwicklung von Atombomben zu ermöglichen, die alles Leben auf der Erde und die Erde selbst zerstören können. Wenn jedoch die Liebe als die zentrale Kraft des

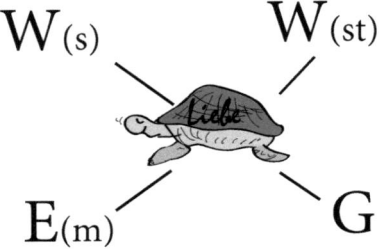

$$W_{(s)} \qquad W_{(st)}$$

$$E_{(m)} \qquad G$$

Die Glück'sche Seinsformel stellt die Liebe als 5. Kraft ins Zentrum der physikalischen Welterklärung, gemeinsam mit den anderen 4 Kräften, $W_{(s)}$ = schwache Welchselwirkung, $W_{(st)}$ = starke Wechselwirkung, $E_{(m)}$ = elektromagnetische Kraft, G = Gravitation

Universums Eingang in die Modelle der Wissenschaftler finden wird, dann werden all unsere Erfindungen, Kreationen und Utopien dazu beitragen, die Menschen dem irdischen Paradies wirklich näher zu bringen.

Diese Erkenntnis setzt voraus, *dass die Menschen selbst zu Liebenden werden.*

Fällt jedoch dieses Wissen, diese Erkenntnis in die Hände jener, die die Menschheit im 21. Jahrhundert führen, und ihrer Mitläufer, also jener Menschen, die ohne Herz und Seele, ohne Gefühle handeln, so wäre diese Weisheit völlig verschwendet. Jene Menschen würden sie nämlich nicht verstehen, bzw. völlig missverstehen, und auf diese Weise würde dieses Wissen der Menschheit mehr schaden als nützen."

Er schaute Amalie erneut mit einem langen Blick an und fügte schließlich fast entschuldigend hinzu: „Alles hat seine Zeit. Johann Sebastian Glück war wohl einfach seiner Zeit stark voraus."

„Oder die Menschheit ist völlig rückständig. Im Grunde ist das doch eine ganz einfache Weisheit, die wir bereits in die Wiege – in unsere eigene Wiege und in die Wiege der Menschheit – gelegt bekommen haben. Oder etwa nicht?", lachte Amalie.

Ein kurzes Schweigen trat zwischen die beiden. „Amalie", meinte der Professor plötzlich, „ich bin mir ziemlich sicher, dass Sebastian lebt. Seine Fundamentalerkenntnis beschreibt den Zusammenhang von Geist und Materie - und dies nicht als philosophische Spekulation von Alchemisten und Magiern der Vergangenheit, sondern als physikalisches Gleichungssystem. Das Kuriose daran ist, *dass es ihm wirklich gelungen zu sein scheint, dies im Eigenexperiment zu beweisen!*"

„Wenn dem so wäre", erwiderte Amalie, „warum ist er dann nicht zurückgekehrt aus seiner Transformation?"

„Wer mein Verschwinden erklären kann, wird mir folgen. Wer mein Verschwinden nicht erklären kann, wird mir auch folgen. Das Höchste aber ist die Liebe. Sie führt immer zum Ziel!", wiederholte der Professor.

„Es liegt doch klar auf der Hand. Wir sind nun im Begriff, sein Verschwinden zu erklären. Wir werden ihm folgen, auch wenn wir sein Verschwinden nicht erklären können. Er meint damit den Tod. Shakespeare nennt es im Hamlet *das unbekannte Land, von des Bezirk kein Wand'rer wiederkehrt.* Er will damit zugeben, dass der Prozess der Transformation irreversibel ist, nur in eine Richtung geht. *Damit erklärt sich auch, warum alles Irdische im ewigen Nichts oder im ewigen Alles verschwindet!*"

„Aha, und daher wurde das Bein der Schildkröte also wieder ganz?", meinte Amalie zum Professor etwas ironisch, um den Widerspruch der Aussagen anzudeuten. Sie ergänzte: „Ich erinnere mich ganz dunkel an jenen romantischen Abend: Sebastian brachte *mit der Kraft seines Geistes*, so behauptete er, die hölzerne Schildkröte zum Knacken, und plötzlich brach ihr Bein ab", sagte Amalie und schaute den Professor nachdenklich an.

„Genau, Sebastian konnte anscheinend damals etwas, das er zerbrochen hatte, mit der Kraft seines Geistes nicht wieder ganz machen", resümierte der Professor. Amalie fiel ihm aufgeregt ins Wort: „Drei Tage bevor Sebastian spurlos verschwand, drückte er mir das seltsame Ding, die Schildkröte, in die Hand! *Sie war wieder ganz.* Ich merkte es gar nicht. Jetzt gehen mir die Augen auf, ich beginne zu verstehen."

„*Er hatte gelernt, etwas wieder ganz zu machen, das vorher zerbrochen war!*", sagte der Professor. „Sich als ganzer Mensch in reinen Geist zu transformieren, das scheint ihm gelungen zu sein: Er verschwand spurlos. Der Weg von dort, von der geistigen Welt, zurück in die unsere, wäre laut seinem Traktat zwar möglich, aber noch nie hat jemand das geschafft." Der Professor machte eine kleine Pause und ergänzte dann leicht ironisch: „Vielleicht ist es dort einfach zu schön?" Irritiert, verwundert und irgendwie gelöst schauten Amalie und der Professor einander in die Augen.

„Heute mit deinem Besuch, der Sturm, du weißt, da fällt das Ding zu Boden, zerbricht und du holst diesen Zettel mit diesen merkwürdigen Sätzen hervor", sagte Amalie nachdenklich. *Das „Du" kam Amalie plötzlich wie von selbst über die Lippen.* Der Professor hatte es sehr wohl gehört, verzog jedoch keine Miene.

Amalie hielt die Schildkröte und das abgebrochene Bein in ihren Händen. Der Professor nickte ihr zu und sagte: „Eine Verkettung von Zufällen, die persönliche Bedeutung erlangen; der Psychologe C. G. Jung nannte das ‚*Synchronizität*'. Ein Ding, ein Ereignis wird symbolhaft, zum Gleichnis für etwas in deinem Leben. *Mit Sebastians Verschwinden, mit seiner Transformation in reinen Geist, wurde etwas wieder ganz, etwas, das ein Symbol für eure Liebe war.*"

„Eigentlich etwas Wundervolles. Ein Wunder, das man sich nicht erklären kann?", seufzte Amalie sichtlich irritiert und fuhr gedankenverloren fort: *„All das ist schlichtweg die Erkenntnis, dass es jenseits von dem, was wir in dieser Welt erfahren und erkennen, denken, erfassen und erleben können, sicher noch mehr gibt. Das Sein ist Unendlichkeit."*

„Warum die Schildkröte ausgerechnet heute zerbrochen ist, um uns die Botschaft von Sebastian zu offenbaren, wird ein Rätsel bleiben", sagte sie achselzuckend. Der Professor machte darauf eine Art Résumé: "Wir wissen es nicht, aber *wir können den Sinn der Ereignisse für unser Leben deuten, nicht mehr und nicht weniger!*"

Amalie nahm die Schildkröte, den Zettel, den Sebastian darin verborgen hatte und das abgebrochene Bein. Sie stellte alles wieder ins Bücherregal – neben genau jene Bücher, die Sebastian gelesen und die er zum Teil auch selbst geschrieben hatte. Es blieb eine Erinnerung an ihn; noch waren die Spuren seiner Existenz da, aber irgendwann würde alles vergehen.

„Ihr Physiker, ihr seid Kopfmenschen. *Die Liebe ist nicht die fünfte Kraft. Die Liebe ist die Kraft, die die anderen vier Kräfte spürbar macht. Aus ihr kommt alles. In sie mündet alles schlussendlich wieder.* Sie wirkt manchmal *schwach* und manchmal *stark* – ihr Physiker sprecht dabei von starker und schwacher Wechselwirkung. *Manchmal schlägt sie ein wie ein Blitz und entzündet ein mächtiges Feuer im Herzen von zwei Liebenden.* Ihr vergleicht das vielleicht mit dem Phänomen der elektromagnetischen Kraft."

Amalie hielt kurz inne, bevor sie weitersprach: „Und dann ist da noch so etwas wie Gravitation, die Schwerkraft." Sie lachte: „Wenn im Leben etwas besonders schwer geht? Ist das dann die Schwerkraft? Die Gravitation ist ein Fluidum, durch das wir uns durch die Welt bewegen! *Manchmal schweben wir ganz leicht, und manchmal macht sie uns die Fortbewegung schwer, indem sie uns buchstäblich zu Boden drückt. Ganz gleich wie, sie trägt uns dennoch immer.*"

Ein gewaltiger Blitz wurde plötzlich sichtbar am Himmel. Doch er schlug weder in einen Baum noch in ein Haus ein. *Stattdessen fuhr er direkt in die Herzen der beiden.* Hatten sie gar ihre Zeit mit Philosophieren vergeudet? Der Donner schien ewig widerzuhallen, während Amalie sich in wenigen kleinen Schritten dem Professor näherte. Als sie ganz dicht vor ihm stand, blickten sie sich tief in die Augen. *Hatte ein unsichtbarer Geist sie geleitet? Oder war es die ungestüme Kraft des Lebens, die wohl auch mit dem letzten Atemzug den Menschen nicht verließ, sondern mit ihm ging?* Sie küssten sich.

„Einen Satz dürfen wir nicht vergessen", sagte Amalie schließlich.

„Ich weiß es", sagte der Professor.

„Das Höchste ist die Liebe! Sie führt immer zum Ziel!"

Amalie blickte auf den Tractatus mathematicus, der vor ihnen lag. *„Es wäre nicht gut, wenn die Menschheit erfahren würde, wie sich ein Mensch in reinen Geist verwandeln kann"*, sagte sie mit einem Seufzer des Abschieds. Der Professor sah Amalie zufrieden an und ließ sie gewähren. Sie nahm das Papier und warf es ins offene Feuer des Kamins.

Der Tractatus mathematicus von Johann Sebastian Glück verbrannte langsam. Seine Erkenntnis verwandelte sich in ein fröhliches Knistern und ein bisschen Rauch. *Amalie hatte ihn verstanden und der Professor auch. Sie küssten sich ungewöhnlich leidenschaftlich.*

Die Uhr schlug Mitternacht. Höchste Zeit zum Schlafengehen!

Letzte Reflexion

Johann Sebastian Glück war und blieb verschwunden, für immer.

Ob Sebastian sich nun wirklich in reinen Geist transformiert hatte, der lebt, ohne auf Materie angewiesen zu sein, oder ob er in einer Art „geistigem Wahn" alle Spuren, die auf seine irdische Existenz hätten hinweisen können, verwischt hatte, um auf einer unbekannten polynesischen Insel mit neuer Identität ein neues Leben anzufangen, ist für das Verstehen dieser Geschichte nicht von Belang. Auch, dass ihm vielleicht die Rücktransformation in der Gestalt des Professor Gregorius, der letztlich Amalie küsste, gelungen sein könnte, wäre allenfalls eine abwegige Seelenwanderungstheorie und spielt für das Verständnis der Geschichte keine Rolle.

Denkbar wäre auch, dass Amalie mit Professor Gregorius schon vor jenem Abend in der Villa am Meer ein Liebesverhältnis hatte und Johann Sebastian Glück deshalb für immer verschwand.

Auch ist es relativ belanglos, dass am 24. September 2182 ein Wissenschaftlerteam den Zusammenhang von Geist und Materie wirklich entdecken und damit den Menschen die Grundlage verschaffen wird, sich von einer Galaxie zur anderen zu bewegen, ohne die Gesetze von Raum und Zeit zu verletzten. Dummerweise hat die NASA genau für diesen Tag berechnet, dass ein gewaltiger Asteroid namens Bennu mit größter Wahrscheinlichkeit auf die Erde stürzen und somit das Leben auf der Erde in eine sehr lange Finsternis stürzen würde.

Das Leben ist wie es ist. Was die Philosophie an Zweifeln hinterlässt, kann auch der Glaube nicht klären. Wohl aber kann der Glaube das menschliche Fragen beruhigen. Johann Sebastian Glück hat gelebt, und er war glücklich auf seine Art. Die Spuren, die er in dieser Welt hinterlassen hatte, verblassten zusehends, und es schien als sei er in eine geradewegs wohltuende kosmische Bedeutungslosigkeit als Individuum in der Unendlichkeit des Weltalls verschwunden.

Die Liebe ist der Seele Kraft,
sie vermag, was der Verstand nicht schafft.
Liebe reist nicht durch die Zeit,
sie ist und bleibt für alle Ewigkeit.
Natasa Hajdinyak

Anmerkung zur 5. Neuauflage dieses Buches:

In meinem Kopf sammeln sich von Zeit zu Zeit Unmengen von Gedanken an. Je mehr es werden, desto mehr drängen sie nach draußen. Es ist für mich auf jeden Fall eine große Erleichterung, sie loszuwerden. Und außerdem: Wenn ein Mensch, der schreibt, an einem neuen Werk arbeitet, dann kann er oder sie keinen aufwendigen sonstigen Vergnügungen nachgehen oder gar verändernd auf die Welt Einfluss nehmen. Das ist wohl der Hauptgrund, warum Autoren ohne größere Ausgaben und ohne nennenswerte Effekte auf die Umwelt ihr Leben verbringen. Sogar Johann Sebastian Glück sagte einmal: „Es ist egal, was man tut; Hauptsache, die Zeit vergeht."

Die Idee zur vorliegenden Geschichte kam mir, als ich 30 Jahre alt war. In Bruchstücken schrieb ich sie bis zu meinem 40. Lebensjahr sporadisch nieder. Die so entstandenen Texte sammelte ich über viele Jahre und überbaute sie schließlich mit der Rahmenhandlung, dem Gespräch von Prof. Gregorius mit Amalie. Inzwischen stehe ich in meinem 60. Lebensjahr. Ich habe den Text über die gesamte Zeit immer wieder bearbeitet, war jedoch nie zufrieden damit. Da stieß ich zufällig und wohl zu meinem Glück auf Frau Sarah Sadian, Lektorin, Schriftstellerin und Übersetzerin (siehe auch ihre Bücher auf Kindle / Amazon). Sie machte mich auf viele Fehler und Formulierungsschwächen aufmerksam. Gemeinsam überarbeiteten wir den Text, und nun glaube ich, dass er endlich seinen Abschluss gefunden hat. Danke, dass sie mir auf diese Weise geholfen hat, dem Werk den letzten Schliff zu geben.

Es ist in gewisser Weise eine Erzählung aus der Vogelperspektive auf die Figur des Johann Sebastian Glück, wobei drei Räume eine gewisse Rolle spielen: Die Villa am Meer mit dem Garten, die Bibliothek und das Astro-Institut. Zentral ist der Satz, der von meiner Mutter stammt:

„Das Höchste ist die Liebe." Aus diesem Satz entstand die Geschichte.

Die hölzerne Schildkröte ist ein Symbol für „irgendetwas" in unserem Leben, das sich im Unbewussten verknotet hat. Ihr Bein wird durch Magie zerbrochen, dann wird es wieder ganz. Der Sturm zerbricht das Bein wieder und offenbart, dass das Höchste die Liebe ist. Diese Symbolik verweist auf *drei Arten der Magie*:

1) Der erste Bruch: Glück übt sich an der Kraft seines Geistes. Es ist *die Magie des Egos*. Der Erfolg: Etwas zerbricht, wird zerstört. Die Magie des Egos ist nicht fähig, etwas wieder gut zu machen.

2) Das Wieder-Ganz-Werden: Irgendwann gelingt es Glück, das Bein der Schildkröte wieder ganz zu machen. Es ist *die Magie einer höheren Macht,* einer göttlichen Kraft, die Wunder bewirken kann. Sie wirkt aus dem Verborgenen. Sie ist das, was manche Heilung nennen. Es handelt sich dabei um ein Wirken, bei dem eine höhere Macht durch die Seele eines Menschen wirkt. Alles dabei geschieht aus Liebe.

3) Der zweite Bruch: Der Sturm zerbricht das Bein der Schildkröte. Dadurch wird in ihrem Inneren eine Botschaft von Glück enthüllt. Es ist *die Magie des Zufalls,* der uns Geheimnisse des Lebens offenbaren kann, Synchronizität im Sinne von C. G. Jung – das Glück des Augenblicks, wenn wir ihn zu deuten wissen.

„Das Höchste ist die Liebe!" - die Worte meiner Mutter! Wenn Du einen einzigen Menschen im Leben hast, der Dich liebt – egal, ob Vater oder Mutter, Geschwister, Partner oder Partnerin, Freundin oder Freund... und den auch Du liebst, dann hast Du schon viel gewonnen. Letztlich hast Du immer noch Dich selbst. Es ist sehr wichtig, sich selbst zu lieben.

Denn letztlich geht alle Liebe von der göttlichen Wesenheit aus und kehrt durch uns, durch das Wunder, das wir sind, in unzähligen Erscheinungen und Verwandlungen wieder zurück.

Liebe ist Fantasie, Fantasma und Illusion zugleich, allerdings mit dem größten Wahrheitsgehalt, den ich kenne. *Wer sie erlebt hat, lebt von ihr bis in alle Ewigkeit, weil es so schön ist, sich immer wieder daran erinnern zu können.* Entlang der Liebe gleiten wir glücklich und zufrieden in den Tod, in ein neues Leben. Natasa Hajdinyak, Psychoanalytikerin in Graz sagt: *„Die Liebe ist unser Seinszustand, welchen der menschliche Verstand nicht begreifen kann. Deshalb erschafft er sich darüber Fantasmen, Illusionen und Abbilder. Wer Liebe lebt, ist unsterblich, weil Liebe Tod und Leben vereint und weit darüber hinausgeht, was wir Menschen über die Liebe glauben.“*

Das *„Höchste ist und bleibt die Liebe,“* wie meine Mutter immer sagte. Das „spurlose Verschwinden" von Glück bedeutet, dass er sein Ego, seine Maske, seinen Schein, die Illusion seines Selbstbildes aufgelöst und sich gänzlich aus den irdischen Verstrickungen herausgeschält hat. Er hat eine Art „übertragungslosen" Zustand erreicht und ist geborgen im Nichts und im Alles, in der ewigen Liebe, wo sich die Frage nicht mehr stellt, ob etwas existiert oder nicht. Er ist dort angekommen, wo das Leben mit dem Tod identisch ist, wo kein Unterscheiden mehr ist, wo sich alles eins mit allem fühlt, weil es ja auch so ist.

BOB der AHA?

Bob der AHA ist ein Pseudonym. Der österreichische Autor, Cartoonist und Herausgeber Dipl.-Ing. Bernhard Tscharre, geb. 1963, in Klagenfurt, gründete im Jahr 2005 den Ideenwerkstatt Verlag und koordiniert seit 2020 das Netzwerk "PHILOSOPHY 4 YOU". Weitere Informationen dazu erhalten Sie unter www.philosophy4you.at.

BOB ist die Kurzformel für den „Bernie O Bernie". Alle Pseudonyme des Autors sind Ausdruck eines bestimmten Werkes und einer bestimmten inneren Entwicklungsphase.

Aber was ist der „AHA"?

Ganz einfach: „A" steht für das Einatmen und „HA" für das Ausatmen. „AHA..." ist somit die Kurzformel für den Augenblick eines Atemzuges, der uns geschenkt ist zu leben. In diesem Augenblick leben wir wirklich und keiner von uns hat mehr. Gleichzeitig steht „AHA!" auch für die Erleuchtung, die im Erstaunen eines solchen Augenblicks zu finden ist. Mehr ist nicht nötig zu erklären. Das Buch ist nichts Neues, es ist die Neuauflage von Glück's Philosophie aus dem Jahr 2012, allerdings versehen mit einigen Ergänzungen, Korrekturen und Überarbeitungen, die mit der Lektorin Frau Sarah Sadian, durchgeführt wurden.

Ich wünsche Dir
Liebe, Licht und viel Sonnenschein.
All das möge in Deinem Herzen
stets in Fülle vorhanden sein.
(BOB der AHA, 23. September 2023)

www.philosophy4you.at
(Ideenwerkstatt Verlag)